空っぽ聖女
として捨てられたはずが、
嫁ぎ先の皇帝
に
溺
されて

1

琴子

イラスト　藤未都也

Contents

✳ プロローグ

「――フェリクス様、聖女様が到着されたようです」

「そうか」

書類仕事をしていた手を止めると、側近であるバイロンが何か言いたげな顔をしていることに気が付いた。

言いたいことがあるなら言うよう告げると、バイロンは躊躇《ためら》う様子を見せた後、口を開く。

「無能だという、あの『空っぽ聖女』を本当に皇妃として迎えるおつもりなのですか」

「ああ。俺は本気だよ」

そう返事をするとバイロンは両手をきつく握りしめ、これ以上は我慢ならないという表情を浮かべた。

いつも冷静沈着な彼らしくない姿からは、怒りや苛立ちが伝わってくる。

「魔法すらまともに使えない聖女を送り返すどころか、皇妃にするなど……ファロン王国ごときにこれ以上愚弄されては、面目が立ちません！」

「そうだろうね。だが、お飾りの聖女ですら必要なほど我が国は切迫しているんだ」

かつて栄華を極めた我がリーヴィス帝国は、今や「呪われた土地」と呼ばれている。新たな聖女は生まれず、魔物は増え、疫病が流行《はや》り、作物は育たない。

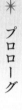

そんな中、ようやく他国から迎えることとなった聖女は魔力がほとんどなく、魔法もまともに使えず「無能な空っぽ聖女」と呼ばれているのだという。

間違いなく我が国を軽視してのことだ。

——だが、聖女というのは国に存在するだけで、民にとっては心の支えになる。

それに世の人々は、我が国に来る聖女に何の力もないことを知らないのだから。

「だからと言って、皇妃にする必要は……」

「貴重な聖女を貰い受けるんだ、立場は必要だろう。それに俺もそろそろ身を固めて、大臣達や民を安心させなければならないからね。国が安定するまでの契約結婚のようなものだ」

とことん利用するのだから、自国の上位貴族の令嬢よりも他国の人間の方が都合がいい。

そう説明しても、バイロンは「それでも相応《ふさわ》しい相手なら、他にいくらでもいるでしょう」と言って納得する様子はなかった。

一番の腹心であるバイロンは、それほど俺を心配しているのだろう。

「あのファロン王国が送ってくる女ですよ。魔法が使えない上に、一癖も二癖もある女に違いありません。絶対に絆《ほだ》されることなどなきよう」

「そんな心配は必要ないよ」

心配性な側近にはっきりそう言ってのけると、机の側《そば》に飾られている傷だらけのロッドにそっと触れた。これは大聖女だった彼女が生前、使っていたものだ。

（あれからもう、十七年も経つのか）

いくら時が経とうと彼女への気持ちは色褪せるどころか、大きくなっていくばかりだった。

そしてそれはこの先も、一生変わることはない。

「——俺はこの命が尽きるまで、エルセ・リースだけを愛するつもりだから」

第一章 ✴ 空っぽ聖女と大聖女

「ティアナ、お前は本当にどうしようもない無能ね」

「……も、申し訳、ございません」

冷たい床に両手をつき、低く頭《こうべ》を垂れる。

目の前に立つ大聖女シルヴィア様は、そんなわたしを見て呆れたように鼻を鳴らした。

「ふふっ、ティアナは魔力がほとんど無いんですもの。許してあげてくださいな」

「それなのに未だに私達と同じ聖女の立場なのが、本当に不思議で仕方ないですわ」

シルヴィア様の側で、わたしと同じ聖女の二人がくすくすと笑っているのが聞こえてくる。

「空っぽ聖女のくせにねえ」

そんな言葉が棘のように心に深く突き刺さり、じくじくと痛んだ。

──わたし、ティアナ・エヴァレットはこのファロン王国の聖女の一人だ。

聖女のみが使える聖魔法属性と膨大な魔力量を持って生まれたことで、二歳の頃に神殿へと引き取られた。

そんなわたしは次代の大聖女候補とまで言われていたらしいけれど、年々魔力量は減少していき、十七歳になった今では、ほとんど枯れ果ててしまっている。

聖女という立場でありながら誰かの病や怪我《けが》を治すことも、魔物を祓《はら》うことも、結界を張ることも、土地を浄化することもできない。

『この役立たず、さっさと失せなさい』

『申し訳、ありません……』

周りから罵られ叩かれながら、掃除や洗濯などの雑用仕事をするだけの日々。

聖女の力が失われることがあると広まれば民を不安にさせてしまうため、わたしは神殿内で隠されるようにして過ごしている。

そんなわたしはいつしか、ファロン神殿内で「無能な空っぽ聖女」と呼ばれるようになっていた。

（どうして、わたしの魔力はなくなってしまったの？）

魔力というのは通常、成長と共に増えることはあっても、減ることなどない。

わたしの身に何が起きているのか分からず、「聖女なのに呪われている」「罰当《ばち》たり」なんて言われることさえあった。

「……っ！」

高いヒールで手の甲を踏まれ、鋭い痛みが走る。ここで抵抗したり逃げたりしては更にシルヴィア様の気分を悪くさせてしまうため、唇をきつく噛んで堪《こら》えた。

（無力で弱気で謝ることしかできないわたしは、こうして耐えることしかできないもの）

「何もできないお前を、聖女として神殿に置いてあげている私に感謝しなさいよ」

「あ、あり、がとう、ございます……」

なんとか感謝の言葉を紡げば、シルヴィア様は「顔を上げなさい」とわたしに告げた。

ゆっくりと顔を上げると、真っ赤な唇で弧を描いたシルヴィア様と視線が絡む。

物心つく前からシルヴィア様のもとで過ごしていたけれど、これまで笑顔を向けられた記憶など一度もない。

とてつもなく、嫌な予感がした。

「けれど、それも今日で終わりよ。無能なお前に素敵な仕事をあげる」

どういう意味だろうと呆然とするわたしに、シルヴィア様は続ける。

「お前にはリーヴィス帝国へ行ってもらうわ。もちろん我が国の聖女としてね」

「えっ……」

息を呑むわたしの向かいで、聖女の二人がぷっと吹き出すのが分かった。

──リーヴィス帝国はここから少し離れた場所にある国で、過去には多くの聖女、そして大聖女を輩出し、どこよりも栄えていたという。

けれど前大聖女が亡くなった後は聖女が生まれておらず、魔物が増え、疫病が流行り、作物は育たず、今では「呪われた土地」と呼ばれている。

そのため帝国を軽視するような風潮が広がっているというのも、耳にしたことがあった。

（そ、そんな国に、何の力もないわたしが聖女として行くなんて……どういうこと……？）

「シルヴィア様、あんな国にティアナが行ったって、どうにもならないじゃないですか」

「そうよ。けれど、陛下がどうしても『聖女をひとり帝国へ』って言うんですもの。あなた達を行かせるわけにはいかないでしょう？」

聖女というのは、どこの国でも貴重な存在だった。

我が国には大聖女であるシルヴィア様と、わたし達三人の聖女がいるけれど、他国には一人いれば良い方だと聞いている。

わたしという落ちこぼれを、一人として数えるのも烏滸《おこ》がましいけれど。

「それにティアナは聖魔法属性を持つ聖女だもの。嘘はついていないわ」

「確かにそうですね。魔力はほーんの少しですけど」

「で、でも、それでは帝国側が困るのでは……」

恐る恐る意見すると、シルヴィア様は「でしょうね」と何の問題もないように言い捨てる。

「帝国側が困ったって私達は困らないもの。あんな国、放っておいても滅びるでしょうし」

「そんな……！」

「今まで何もできなかったお前が、初めて我が国のために役に立つのよ。喜びなさい」

絶望でぐらぐらと視界が揺れ、目の前が真っ暗になっていくのを感じた。

苦しみ、聖女に助けてほしいと救いを求めている国に、何もできないわたしが行った場合、どんな扱いを受けるかは目に見えている。

（国全体の怒りを買い、下手をすると今よりも酷い目に遭《あ》ってしまうかもしれない……）

想像しただけで震え上がったわたしは、シルヴィア様に考え直すよう懇願した。

「お、お願いします、どうか……それ以外でしたら、何でもいたしますから……っう！」

けれどすぐにシルヴィア様の持つロッドで思い切り殴られ、わたしは床に転がった。

「なーにが『何でもいたしますから』よ。何もできないくせに、生意気な口を利《き》きやがって」

「……げほっ……ごほ、っう……」

そのまま近づいてきたシルヴィア様に髪を掴まれ、顔を引き寄せられる。

「三日後よ。三日後に帝国から迎えが来るから、準備しておきなさい。逃げた場合、どうなるか分かっているでしょう？　行くわよ、二人とも」

「はあい。私達はシルヴィア様のために、これからもこの場所で頑張ります！」

「でも、ティアナがいなくなったら、ロッドを手入れする人間がいなくなるから困るわね」

「確かにそうね。なけなしの聖魔法で磨いていたし」

楽しそうに話しながら出ていく三人を床に転がりながら見つめるわたしの瞳からは、涙が零《こぼ》れ落ちていく。

「どうしたら、いいの……」

そんなわたしの呟きは誰の耳にも届くことなく、静かに空気に溶けていった。


あれから三日が経った。逃げ出す可能性があると思われているのか、部屋の外には常に見張りがついている。

(いよいよこの日が来てしまったわ……いくらお願いしても殴られるだけで、誰も話を聞いてはくれなかった)

不安と悲しみで押し潰されそうになりながら、必死に涙を堪える。

そうして掃除を終えた自室でひとり待機していると、やがてノック音が響いた。

「ティアナ様、ご準備が整いました」

「……はい」

十五年過ごした小さな部屋に、心の中でお礼を言う。

そして持ち物全てが入った小さな鞄と古びたロッドを持つと、部屋を出て門へと向かった。

——元々わたしは子爵家の生まれで、両親も健在だ。

ただ、わたしが無能であることを知ってからは「恥さらし」と呼ばれ、家に帰ることも許されなかった。

神殿の外に出ても誰ひとり見送りには来ておらず、帝国の使者らしい男性も戸惑った様子を見せている。わたしの荷物があまりにも少ないことに対しても、ひどく驚いていた。

(きっと、本当にわたしが聖女なのかと不安に思っているのでしょうね)

普通なら何よりも貴重な聖女が、こんな扱いを受けているはずがないのだから。

「出発してよろしいでしょうか?」

「は、はい。お願いします」

初めての豪華な馬車の座り心地の良さに驚きながら、目の前に座る女性へ視線を向ける。

先ほど軽く挨拶をしたけれど、彼女はマリエルさんと言ってわたしの侍女らしい。

とても丁寧で優しい雰囲気のマリエルさんは、その美しい所作から貴族の生まれであることが窺《うかが》える。

（わ、わたしなんかに貴族の侍女だなんて……高待遇を受けて何もできないとバレたら……）

外には護衛の騎士も十人以上おり、わたしなんかを守るためだと聞いて眩暈《めまい》がした。

今後のことを考えるだけで、恐ろしくて胃がキリキリと痛む。

お腹を押さえて俯《うつむ》くわたしに、マリエルさんは心配げな声色で声を掛けてくれた。

「ティアナ様、大丈夫ですか？」

「あっ、はい……考えごとをしておりまして……申し訳ありません……」

「どうか謝らないでください。それに私に対して、敬語など使う必要はありませんよ」

顔を上げていつもの癖でつい謝ると、マリエルさんは困ったように微笑《ほほえ》んだ。やはりわたしなんかにはもったいないくらい、優しくて素敵な人なのだろう。

「お一人で国を離れるのは想像し難いほど心細く、不安でしょう。ティアナ様が過ごしやすくなるよう精一杯努めさせていただきますので、お気軽に何でもお申し付けくださいね」

「……ありがとう、ございます」

わたしは大切に扱われるに値する人間ではないというのに、申し訳なさで胸が痛む。

それからマリエルさんは帝国のことや今後について、丁寧に説明してくれた。

「馬車で二日かけてクリコフ王国へ向かい、そこからゲートでトローシン王国へ移動後、リーヴィス帝国へ再び馬車で向かうため、計四日ほどかかるかと思います」

ゲートと呼ばれる転移魔法陣を使うことで、かなり移動時間が短くなるという。本で読んだことはあったけれど、実際に見るのも使用するのも初めてだ。

窓の外へと視線を移すと、すでに初めて見る景色へと変わっていた。

「わあ……！」

一面に広がる美しい花畑や建物に目を奪われる。

何もできないわたしは聖女として各地を回って仕事することがなかったため、神殿の外に出ることもほとんどなかったのだ。

全てが新鮮で輝いて見え、胸が弾んでしまう。

(……リーヴィス帝国に着くまで、最後に少しくらい楽しんでも許されるかしら)

帝国に着いた後はもう、こんな風にゆっくり過ごすことも、外の景色を眺めることもできなくなるだろう。

すぐにファロン王国に戻される可能性もある。そうなれば、今まで以上に酷い目に遭うのが目に見えていた。

「ティアナ様は、自然がお好きなんですね」

「……はい、とても」

あと数日だけと自身に言い聞かせ、わたしは流れていく景色を必死に目に焼き付けた。

国を出て、二日が経った。基本的に一日中、馬車で移動しているけれど、マリエルさんや騎士の方々はわたしの身体《からだ》を気遣い、こまめに休憩をとってくれている。

途中で宿泊する宿も信じられないほど素敵な場所で、食事だって頬が落ちそうなくらい、とても美味《おい》しい。

神殿でのわたしは、残飯のようなものしか食べさせてもらえていなかった。

「ティアナ様、こちらの果実をどうぞ。この辺りの特産品だそうですよ」

「あ、ありがとうございます。わあ、美味しい……！　すごく、すごく美味しいです」

「良かったです。まだまだありますからね」

休憩のたびに馬車から降り、マリエルさんと共に色々なものを見たり食べたりしては、とても楽しい時間を過ごしていた。

（本当は、わたしなんかがこんな良い思いをしていいはずがないのに、楽しくて仕方ない）

良くしてくれているマリエルさんも、わたしがほとんど魔力を持たないと知れば軽蔑するに違いない。優しい皆さんを騙していることに、心苦しさを感じてしまう。

再び馬車に乗り込み、森の中を走っていく。

もうまもなくゲートのあるクリコフ王国に到着するという頃、マリエルさんはじっとわたしを見つめると、片手を頬にあて「はあ」と溜め息を吐《つ》いた。

「ティアナ様は、本当にお美しいですよね。こんなにお綺麗な方は初めてお目にかかりました」

「えっ？　わ、わたしなんて、そんな……」

お世辞にしたって言い過ぎだと否定しても、マリエルさんは「いいえ」と言って譲らない。

「ふふ、ティアナ様が皇妃になれば帝国の民達は皆、喜ぶと思います」

「……こうひ？」

「はい。皇帝陛下の花嫁として、我が国に来てくださるのでしょう？」

信じられない言葉に、頭が真っ白になる。

（わ、わたしが、帝国の皇帝陛下の花嫁……？）

絶対に何かの間違いだと思ったものの、マリエルさんの様子を見る限り事実のようだった。

そんなこと、一切聞いていない。とは言え、シルヴィア様なら何も教えてくれなくても不思議ではなかった。

（わたしが帝国の皇妃だなんて……ぜ、絶対に無理よ！　ありえない、おかしすぎる）

やけに護衛の数も多く、丁重に扱われているというのは感じていた。けれどそれは単に、わたしが貴重な聖女だと思われているからだと考えていたのだ。

（こ、このままでは絶対にまずいわ！　今から本当のことを話して、王国に戻らないと――）

半ばパニックになり、どうしようどうしようと頭を抱えていた時だった。

「きゃあっ！　い、痛い……」

突然馬車が急停止し、身体が壁に叩きつけられるのと同時に、御者の悲鳴が聞こえてくる。

「な、なんだお前達は！　うわああ！」

それからすぐに剣と剣がぶつかる音や怒声が聞こえてきて、びくりと肩が跳ねた。

間違いなく、ただの事故なんかではなさそうだ。明らかな緊急事態に、痛む身体が強張る。

「ティアナ様、大丈夫ですか⁉」

「は、はい。大丈夫です。それよりも、一体何が……」

すぐにマリエルさんが支えてくれて、身体を起こす。

そうして停車した窓の外へと視線を向けると、森の中から次々と大勢の武器を持った男達が現れ、護衛の騎士達に攻撃しているのが見えた。

（う、うそ……どうして……）

再び頭の中が真っ白になり、襲われているのだと理解するのに時間を要した。

帝国の騎士達もかなりの実力があるはず。とはいえ、男達の中には魔法を使えるものもいるようで、圧倒的に相手の方が数も多いため、押されている。

「ティアナ様、こちらへ！」

そんな中、馬車のドアが開き、一人の騎士が手を差し伸べてくる。どうやらわたしだけでも逃がそうとしてくれているようだった。

「わたしなんかのことより、みなさんが――」

「ぐあっ……！」

けれどすぐに騎士は呻《うめ》き声を上げ、馬車の入り口で倒れ込んでしまった。後ろから攻撃されたようで、地面には血溜まりが広がっていく。

「ひっ……」

「聖女様、見ーつけた。悪いがここで死んでもらうぜ」

顔を上げれば大剣を手に、にやりと笑う見知らぬ男の姿があって、全身に鳥肌が立った。

「あ、あ……」

わたしを庇《かば》おうとしたマリエルさんが、男によって殴り飛ばされる。恐怖で指先ひとつ動かせなくなったわたしは腕を掴まれ、馬車の外へと引きずり出された。

「ティアナ様っ！」

周りの騎士達がわたしのもとへと駆け寄ろうとするも、大勢の男達によってそれは阻まれる。

その何十人という数に、何かがおかしいと違和感を覚えた。

「どうして、こんな……」

「お前を絶対にここで殺すよう、命令されてるんでね」

やがて地面に転がされたわたしを見下ろした男は、そう言ってのける。

（わたしを殺すためだけに、こんなことを……？）

こんな大人数で、このタイミングでわたしを殺す理由など、いくら考えても分からない。

「それにしても、こんなに美人だとはなあ。死んだ後なら好きにしても許されるか」

全身を舐めるような視線とおぞましい言葉に、激しい吐き気が込み上げてくる。首に冷たい剣先が当たり、はっきりと「死」を意識した。

——ずっとわたしには価値なんてなく、生きているのが辛いと感じることもあった。

けれどいざとなると、どうしようもないくらい死にたくないと思ってしまう。

（きっと、この数日間がとても楽しかったせいだわ）

たくさんの物に触れて、色々な人に出会い、話をして、もっと外の世界を見てみたいと望んでしまったから。

震える手で、首に食い込む剣先をきつく掴む。

「わたしは、こんなところで死にたくない……！」

生まれて初めて出した大声で叫んだ瞬間、頭を思い切り殴られたような痛みが走った。

割れそうなほどの激痛に、目を開けていることすら叶わなくなる。

直後、頭の中には見知らぬ記憶が流れ込んできた。

（なに、これ……一体誰の——ううん、わたしは——私は知ってる——前世の私の記憶だ）

「そうだわ、私はエルセ……大聖女で……」

少しずつ痛みが引いていき、霧が晴れるように意識がはっきりとしていく。

（ああ、すべて思い出した）

——前世の私はリーヴィス帝国の聖女である、エルセ・リースだった。

生前の私は国を守り多くの人を救い、歴代最高の力を持つ大聖女と呼ばれていたのだ。

(けれど、うっかり死んじゃったのよね)

今はシーウェル暦三百四十二年だから、私が死んだのは今から十七年前になる。

きっと死んですぐ、ティアナ・エヴァレットとして生まれ変わったのだろう。

(それにしても、よくもまあ元大聖女の私をあんな扱いしてくれたわね)

そんな私が生まれ変わったのが「無能な空っぽ聖女」だなんて、皮肉にも程がある。

ファロン王国での扱いを思い出すと、ふつふつと怒りが込み上げてきた。

「……しかもいきなり絶体絶命だなんて、ついてないにも程があるんですけど」

その上、せっかく前世を思い出した直後に殺されるなんて、まったく笑えない。

(それにしても困ったわ。記憶が戻ったところで魔力がなければ、どうにもならないもの)

男は突然頭を押さえて苦しんだり、ぶつぶつと独り言《ご》ちたりしている私を見て「頭がおかしくなったか?」なんて言って笑っている。

この下品な男を半殺しにするまでは絶対に死んでたまるかと思っていると、不意に妙な感覚が全身を巡っていることに気が付いた。

至る所から無理やり魔力を吸いあげられているような、そんな感覚がするのだ。

(この気持ち悪い感覚は何?　すごく嫌な感じがする)

「お、これが聖女っすか。いい女ですね!」

「だろ?　殺すのがもったいなくてな」

男が仲間に話しかけられ、呑気に会話をしている隙に再び目を閉じる。

全身の魔力の流れを集中して辿《たど》ると、一部だけ「嫌な感覚」が弱まっている綻びを感じた。

（よく分からないけれど、ここを浄化するべきだと私の勘が言ってる）

私は昔から、ずば抜けて勘が良かった。迷った時はいつも自身の勘通りに進めば、自然と出口に辿り着いてしまうくらいには。

私は残っていたほんのわずかな魔力を研ぎ澄まし「嫌な感覚」がする部分を浄化した。

その瞬間、空っぽになったはずの身体中の魔力量が、一気に増えていくのを感じる。

「……ん？　あら？　なんで？」

さすがの私も予想していなかった展開に驚いてしまい、口からは間の抜けた声が漏れた。

（理由はさっぱり分からないけれど、ものすごくラッキーだわ。今までの魔力量が１００％のうちの１％だとすると、15％くらいにはなったかしら）

ひとまずこれだけの魔力があれば、この場を乗り切るには十分だろう。

私は首元の剣を押しのけると身体を起こし、立ち上がって砂埃《すなぼこり》を払う。

「は？　おい、急に――」

「少し黙ってて」

片手をかざして男達を動けなくすると、頭から血を流すマリエルのもとへ駆け寄った。身体を地面に打ちつけた際、額を近くの石で切っただけで命に別状はなく、ほっとする。

「大丈夫？」

「は、はい……ティアナ様は……」

「ごめんね、私は大丈夫。庇ってくれてありがとう」

血が流れ出るマリエルの額にそっと手をかざすと、治癒魔法を使い傷を治していく。

(う、うわあ……おっそいこと……昔なら一秒もあれば治せたのに、なんて不便なのかしら)

少しだけ時間はかかったものの、なんとか傷は塞がった。やはりこの程度の魔力量では不便で仕方ない。

そう思っていると、マリエルが信じられないとでも言いたげな表情で私を見つめていることに気が付いた。

(何かしら、この反応。この子は私がまともに魔法を使えないこと、知らないはずなのに)

不思議に思いつつ手を掴んで立ち上がらせていると、背中越しに男の怒鳴り声が響いた。

魔力を節約したせいであっという間に魔法が解け、もう起き上がることができたらしい。

「お前、今何をした！　魔道具を持っていたのか?」

「魔法を使っただけだけど」

「嘘を吐くな！　お前が一切魔法を使えない、名ばかりの聖女だってのは知ってるんだ！」

(ちょっと！　なに勝手にバラしてんの！)

けれど、それを知っているということはつまり、彼らはファロン神殿内の人間に依頼を受けたのだろう。

(……ああ、なるほどね。少しずつ読めてきた)

帝国へ向かう途中に殺せば、私が何の能力も持たない聖女だとバレることもない。

貴重な聖女を守りきれずに死なせたと言って、帝国側の責任を問うことまでできるだろう。

（シルヴィアも、まさかここまでするなんて……）

昔はあんな人間じゃなかったのに、と思いながら私は片手をかざす。

用意周到なシルヴィアの仕業なら口封じまでしそうだし、痛めつけて無理やり話を聞くのも無理そうだ。

「じゃ、もうあなた達は消えていいわ」

笑みを浮かべると、私は火魔法と風魔法を組み合わせ、男達を思い切り吹き飛ばした。


「……あら、口ほどにもないじゃない」

十分ほど経っただろうか。すべての敵を倒した私は両手を軽く叩き、そう呟いた。

今の魔力量でも工夫さえすれば、この程度の人間相手ならば何とかなる。

一方、呆然とした様子でこちらを見つめるマリエルや帝国の騎士達はみな、相当驚いているようだった。

「大丈夫？　怪我人は治すから、こちらへ来て」

彼らは顔を見合わせた後、おずおずとやってくる。

「さ、さすが聖女様だ……！」

「聖女様は魔物だけでなく、人間相手でも戦えるのか」

そんな戸惑う声を聞きながら、怪我を治療していく。

――聖女が扱う聖属性魔法は、他の火・水・風・土属性魔法などとは全く感覚が違う。

そのため、聖属性魔法に慣れた聖女は、他属性魔法が使えないことがほとんどだ。

もちろん私くらいになると全属性扱えるけれど、驚かれるのも当然なのかもしれない。

「お守りできず、申し訳ありませんでした」

「ううん、そもそも私を狙ってきたみたいだもの。迷惑をかけてごめんなさい」

騎士達を治していると、みんな揃って申し訳なさそうな顔をする。彼らも仕事とはいえ、私のせいで巻き込んでしまったのだし、あまり気にしないでほしい。

「よし、これで全員かしら」

無事に全員を治した私は一息吐くと、さてこれからどうしようかと頭を悩ませた。

魔力は再びすっかり空っぽになってしまい、回復するまで数日はかかりそうだ。

(本当はこのままファロン神殿に戻ってシルヴィアをぶっ飛ばしたいけど、今のままじゃ逆に瞬殺されて終わりそうね。きっと傷一つ負わせられない)

私が大聖女エルセとして生きていた頃、シルヴィアは部下であり友人で、並の力を持つ聖女だった。けれど何故《なぜ》か今は、大聖女と呼ばれるほどの力を持っている。

(どうやってあれほどの力を手に入れたのかしら。今は最低最悪の悪女だけれど、昔のシルヴィアは穏やかで誰よりも優しくて、あんな人間ではなかったのに)

十七年の時というのは、あんなにも人を変えてしまうのだろうか。

「……うーん、このまま行くのが良さそうね」

ファロン王国に戻っても、帰る場所などない。ついでにお金もない。完全に詰んでいる。マリエルや騎士達もいることだし、ひとまず一度このまま帝国へ向かった方がいいだろう。何よりリーヴィス帝国は前世の私にとっては、大切な母国なのだ。何ひとつ良い思い出のないファロン王国よりは、ずっといい。

（今なら少しだけど魔法が使えるし、無能だとすぐに酷い目に遭わされることもないはず）

「馬も無事なようだし、進みましょうか」

「は、はい！」

そうして私はマリエルと共に馬車に乗り込むと、帝国へ向けて再出発した。

頬杖をついて窓の外の景色を眺めながら、私は今もなお感じる魔力を吸い上げられるような「嫌な感覚」について考え続けていた。

（そもそも、なぜ急に魔力が戻ったの？　記憶が戻ったのも不思議だけど）

あの時は勘と勢いに任せて何とかなったものの、原因は分からない。魔法についてかなり詳しい自信があったけれど、思い当たるような前例もなかった。

うーんと首を傾《かし》げていると、マリエルがじっとこちらを見ていることに気が付く。

「ティアナ様、先程は本当にありがとうございました」

「ううん。気にしないで」

彼女は既に何度も、お礼と謝罪を伝えてくれている。

「それと、なんだか雰囲気が変わられたようで……」

「あ」

弱気でうじうじしていたティアナと、記憶を取り戻したせいでエルセが混ざり——混ざるというよりエルセとしての性格が強くなってしまい、完全に別人のようになっている気がする。

この変化は誰だって不思議に思い、戸惑うだろう。

かと言って「実は大聖女だった頃の記憶を取り戻したんです！」なんて言って、信じてもらえるはずもない。

前世の記憶が蘇るという話も、聞いたことがなかった。

「ええと、その……ずっと緊張していたんだけど、怖い目に遭って吹っ切れたというか……」

我ながら苦しすぎる言い訳ではあるものの、マリエルはそれ以上、尋ねてくることはない。

やがて彼女は両手を組み、瞳をきらきらと輝かせた。

「それにしても、すごい魔法でした！　流石ですね」

「そ、そう……？」

全盛期の私からすれば恥ずかしくなるくらいお粗末なものだったけれど、マリエルはきっと聖女を見るのが初めてだから、感激したのだろう。

しばらく私の素晴らしさについて語った後、マリエルは少し気まずそうに再び口を開いた。

「……実は、ティアナ様は魔法を使えないと聞いていたんです。ですから、驚いてしまって」

「えっ？」

どうやら騎士達や他の人間は知らないようで、侍女のマリエルだけに機密として伝えられていたらしい。

（リーヴィス帝国側は、私が魔法を使えないことを知っていた……？　それなら何故こんな厚待遇で、それも皇妃なんて立場で私を迎え入れようとしているの？）

いくら考えてみたところで、理由なんてさっぱり分からない。帝国はどうかしているとしか思えなかった。

せっかく生まれ変わったというのに、面倒ごとが多すぎると深い溜め息を吐く。

「ええと、ほら、噂《うわさ》とかってねじ曲がって伝わることが多いじゃない？　それに、私は大した聖女じゃ――」

「そんなことは絶対にありません！　先ほどのティアナ様のお姿は、本当に素敵でした！」

「あ、ありがとう……？」

そう力説され、苦笑いを返すことしかできない。

（でも、ティアナは気持ちだけは立派な聖女だったわ）

魔力なんて無いに等しかったのに、なけなしの魔力を必死にハンカチの刺繍《ししゅう》に込め、魔除けのお守りとして魔物の多い地域の子ども達に贈っていたことを思い出す。

それ以外にも自分にできることはしようと、朝から晩まで働かされた後も、遅くまで努力をしていたのだ。

絶対にいつか、これまで私を虐げてきた人間達にやり返してみせると固く心に誓い、両手を握りしめる。

――それから帝国に着くまでというもの、マリエルだけでなく騎士達にも持てはやされ、私はむずがゆい気持ちになりながら過ごしたのだった。

第二章✴皇帝と仮初《かりそめ》の皇妃

その後は何のトラブルもなく、無事にリーヴィス帝国へ到着することができた。

(私を殺すのを失敗したと知ったシルヴィアが、また何かしてこないといいけど……)

混乱を招かないよう、聖女である私がいつやって来るのか民には知らされていないらしい。

移動の馬車も普通の貴族が使用するもののまま、王城へと辿り着いた。

(あの頃と全く変わっていないのね。なんだかとても遠い昔のように感じる)

大聖女だった頃、私は王城で暮らしていたのだ。

実家のような安心感を覚えながら、マリエルや騎士達と裏口から王城の中へと入り、長い廊下を進んでいく。

「あの方が、聖女ティアナ様……!」

「まあ、なんてお美しいのかしら」

すれ違う人々からは、そんな囁《ささや》き声が聞こえてくる。

シルヴィアや聖女達に散々虐《いじ》められていたティアナは自己評価が低いけれど、実際はかなりの美人なのだ。

輝く長いすみれ色の髪とローズピンクの瞳が、整った顔を引き立てている。

(前世は赤髪だったたし、こういう色に憧れてたのよね)

そんなことを考えているうちに辿り着いたのは、見覚えのある執務室だった。

歴代の皇帝が使う部屋だ。

「今から皇帝陛下にお会いしていただきます」

「ええ」

マリエルはドアをノックし、「聖女ティアナ様をファロン王国からお連れしました」と声を掛ける。すると少しの後に「入れ」という男性の声が聞こえてきた。

「失礼いたします」

そうしてマリエルと共に部屋の中に入り、すぐに頭を下げた私は、はたと気づく。

（あれ、今の皇帝って誰だったかしら？　私が皇妃として連れて来られたのなら、あのタヌキ親父は死んだのね）

十七年前の当時、皇帝はかなり高齢だったため、死んでいてもおかしくない。

それはもう最低な人間で、私は大嫌いだった。女好きで見境がなく、大聖女である私にまで手を出そうとしていたのだから。

皇子は三人いたけれど、誰が皇位に就いたのだろう。

「どうか顔を上げてください」

静まり返った室内に、低く心地の良い声が響く。

そうしてゆっくりと顔を上げると、透き通るようなアイスブルーの瞳と視線が絡んだ。

（わあ……なんて綺麗なの……！）

あまりにも美しいその容姿に驚く私に、男性は小さく微笑む。

少し長めの黒曜石の髪が、さらりと揺れた。

「初めまして、聖女ティアナ様。我が国へ来てくださったこと、心より感謝いたします」

柔らかな笑みを浮かべる様子や態度を見る限り、前皇帝とは違い、傲慢な人間ではないようだった。

私が返事をする前に、彼は続ける。

「フェリクス・フォン・リーヴィスと申します」

「……フェリクス？」

「はい」

うっかり見惚《みと》れてしまった私は、一瞬で我に返る。

（う、嘘でしょう？　これがあの、小さくて泣き虫だったフェリクスだっていうの？）

驚きで息を呑む私を見て、フェリクスと名乗った皇帝は「聖女様？」と眉を顰《ひそ》めた。

私は戸惑いを隠せないまま、片手で口元を覆う。

（まさかフェリクスが、皇帝になっていたなんて……）

フェリクスは私が大聖女だった頃、たった十歳の第三皇子であり――私の弟子だった。

帝国の皇妃として迎えられた上、小さな子どもだったかつての弟子が夫になるなんて、困惑してしまう。

けれど一番に感じたのは「安堵」と「喜び」だった。

可愛い弟子だったフェリクスが無事に成長し、兄二人を押しのけ皇帝となっていたことが、何よりも嬉しい。

彼と過ごした大切な過去を思い出していた私は、はっと顔を上げ、フェリクスを見つめた。

「身体の調子はどうですか？」

「……特に何も、問題はありませんが」

「よかった……」

思わず口からこぼれた唐突すぎる問いにも、フェリクスは丁寧に答えてくれる。その言葉を聞いた瞬間、私はひどく安堵するのを感じていた。

フェリクスは幼い頃、呪いに苦しみ続けていたのだ。呪いはしっかり消えたようで、本当によかった。

彼はそんな私を感情の読めない顔でじっと見つめていたけれど、やがて再び人の好《い》い笑みをこちらへ向ける。

「こちらにお掛けください。話さなければならないことが沢山ありますから」

「ええ」

ソファを勧められ、フェリクスとは向かい合う形になった。側ではマリエルが急ぎお茶の支度を始めている。

（本当に大きくなったわね。今はもう、二十七歳でしょうし……えっ、私の十歳上……!?）

今の私は十七歳だから、十歳もフェリクスが年上ということになる。なんだか信じられないと思いながら、マリエルが淹《い》れてくれた紅茶に口をつけた。

こんなにも立派になって……と親のような目線で内心感動していると、私がまたもや凝視していることに気付いたらしいフェリクスは、再び笑顔を向けてくれる。

けれどその笑顔には何の感情もなく、貼り付けただけのものだと気付いてしまう。

(昔のフェリクスは、こんな笑い方はしなかったのに)

けれど帝国の皇帝となるまでに、かなりの苦労をしてきたはず。今だって「呪われた土地」と呼ばれているこの国を治めるために、苦心を重ねていることだろう。

変わってしまうのは当然だし、変わらなければならなかったのかもしれない。そう思うと、胸が痛んだ。

「改めて我が国へ来てくださり、感謝します」

「いえ、私では何のお役にも立てないかと……」

するとフェリクスの後ろに立つ金髪の男性から「本当にその通りだ」とでも言いたげな、強い圧を感じた。

(ああ、彼も私が無能だって知っているのね)

必死に救いを求めた結果、魔法すらまともに使えない無能な女がやってきたのだから、間違いなくこの反応が正しい。心底申し訳なくなってしまう。

「それで私は、何をすればいいのでしょう?」

「あなたは俺の妻である皇妃として、そして平和の象徴である聖女として、この国にいてくださるだけでいい」

「……つまり、何もしなくていいと？」

「はい。後は公的な場に皇妃として最低限、俺と共に顔を出してくださると助かります。それ以外はご自由に」

（た、ただこの国で過ごしていればいいなんて、最高の条件じゃない……！）

やはり私が魔法を使えないと知っているからこそ、聖女としての仕事は必要ないと言っているのだろう。

「民達は、心から『聖女の存在』を求めていますから」

「……そうですか」

聖女というのは存在するだけで民の心の支えになる。

何よりリーヴィス帝国では過去、多くの優秀な聖女を輩出してきたのだ。聖女が国に存在しないことに対し、民達はかなりの不安を抱いてしまうのかもしれない。

（でも、本当は私なんかが来て、今すぐ追い返したいくらい腹が立っているでしょうに）

空っぽ聖女《ティアナ》を差し出したファロン王国が帝国を見下していることだって、間違いなく分かっているはず。

それでも断ることをせず、何の力もない聖女を祭り上げなければならないほど状況は悪いのだろう。胸が締め付けられる思いがした。

「俺との関係は、我が国が安定するまでの契約結婚だとでも思ってください。その後は形だけの妻であるあなたを自由にし、一生の暮らしを保障します」

「えっ？」

「もちろん、あなたに触れたりもしません。ご安心を」

つまり本当に、白い結婚ということらしい。

その上、生活を保障してくれた上でいずれ自由にしてくれるだなんて、至れり尽くせりにも程がある。

「王城での暮らしも、できる限り満足いただけるものをご用意しますので」

「あ、ありがとう、ございます……？」

あまりにも私に都合の良すぎる条件に、何か裏があるのではないかと疑ってしまう。

けれど彼らも「無能なティアナ・エヴァレット」に、何かを求めても無駄だということは分かっているはず。

（とにかくこんないい話、乗るしかないわ。前世は休む間もないほど多忙で、今世は虐げられっぱなしだったもの）

暴力や心無い言葉に怯えることも、冷たい味のない食事を食べることもないだけで、今の私には十分だった。

（契約結婚でも何でも、思い切り満喫してやらないと！）

ふかふかのベッドで眠れるかしらと浮かれていると、マリエルが思い詰めた様子をしていることに気付く。

「恐れながら申し上げます。実はティアナ様は――」

「マリエル、お茶のお代わりをいただけないかしら？」

「……かしこまりました」

そして私が全く魔法を使えないという認識を訂正してくれようとしたということにも、すぐに気が付いた。

けれど察しのいい彼女は、今のやりとりだけで黙っていてほしいという気持ちを汲み取ってくれたらしい。

騎士達も見ていたのだからすぐにバレることではあるけれど、今は無能だと思われていた方が都合がいい。

（その方がきっと、自由に動けるもの。私なりにこの国のことを調べたいし）

そう思った私はにっこりと笑みを浮かべると、フェリクスへ視線を向けた。

「分かりました。すべて陛下の仰る通りにします」

「ありがとうございます」

私だって母国である帝国を大切に思っているし、形だけの皇妃と聖女の立場とはいえ、「帝国の呪い」とやらを解くために動くつもりだった。

（そうしたら私は晴れて完全自由の身だし、フェリクスは新たな皇妃を探せるはずだし、みんな幸せね！）

フェリクスには望まない結婚なんてせず、心から愛せる素敵な伴侶を見つけてほしい。

『エルセは誰かと恋愛したことある?』

『結婚についてどう思ってるの?』

『何歳までに結婚したい?　何歳くらいの男が好き?』

(昔はよく恋愛や結婚の話をしていたし、本当は誰よりも愛のある結婚に憧れているはず)

そんなことを考えていると、今度はフェリクスがじっと私を見つめていることに気付く。

「どうかされましたか?」

「……いえ、とても珍しい瞳の色をされているなと」

光によって見え方が変わる、この珍しいローズピンクの瞳は「ティアナ」と「エルセ」以外見たことがない。

「俺のよく知っている方も、同じ色をされていたので」

「まあ、そうだったんですね!」

もしかすると、フェリクスはエルセを思い出してくれたのかもしれない。

そう思うと、胸が温かくなった。

数年に一度でも思い出してくれるだけで、十分だ。

(きっとエルセとしての記憶があると伝えても、フェリクスだって扱いに困るだけだわ)

何より今の私には、エルセとしての力はないのだ。

大した力もないまま元師匠だと名乗り出ても恩着せがましいだけだし、黙っていた方がいいだろう。

「……ん？」

そう決意した瞬間、ふと視界の端で何かが日の光を受けてきらりと光った気がして、何気なく視線を向ける。

そしてそこに仰々しく飾られていたものを見た私は、思わず眉を顰めた。

（ちょっと待って、あの見覚えのありすぎるボロッボロのロッド……エルセ《私》が使っていたものじゃない……？）

どうしてあんなものが、こんなところに飾られているのだろう。歴代の聖女のロッドを皇帝の執務室――それも机の真横に飾るなんて文化、聞いたことがない。

（しかも死ぬ間際は私、ボッコボコにされちゃったから、ロッドも酷い有様なんだけど……）

飾られている理由は分からないものの、あのロッドは私にとって大切な相棒だった。破棄されておらず、もう一度巡り会えたことはとても嬉しかった。

「あのロッドは一体……？」

「俺が尊敬する、過去の大聖女が使っていたものです。彼女ほど強く美しく素晴らしい方を、俺は知りません」

真剣な表情でそう言ってのけたフェリクスに、私はホロリと涙が出てしまいそうなくらい、感動していた。

（私のことをそんな風に思ってくれていたなんて……今のお粗末な体たらくじゃ、余計に名乗り出られないわ）

可愛い弟子の中では偉大な師のままでいたいと強く思った私は、墓までこの秘密を持っていくことを誓う。

「使用人を含め、民には皇帝夫妻は円満であり、あなたはこの国を救う聖女だと認知してもらいたいと思っています。そのための約束事を決めても良いでしょうか」

「ええ、もちろん」

その後はできる限り朝食は毎日一緒にとること、寝室は入り口だけ共有し、転移魔法陣によってお互いの部屋に移動できるようにするなど、様々な取り決めをした。

顔を合わせるタイミングまできっちり決めており、私とは必要最低限しか関わるつもりはないらしい。

(でも私は、フェリクスと友人くらいにはなりたい)

せっかくまた出会えたのだ。私はフェリクスのことが大好きだったし、良いところもたくさん知っているし、今でも歳の離れた大切な弟のように思っている。

だからこそ今世では「ティアナ」として、彼と良い関係を築きたかった。

「結婚式は一ヶ月後に行う予定です。既に準備は進めているので、後はあなたの婚礼衣装だけ急ぎ仕立てます」

「分かりました」

(やっぱり、形だけといってもフェリクスと結婚っていうのは落ち着かないわ。変な感じ)

フェリクスに対して敬語を使うのも、違和感がある。今はお互い立場が全く違うため、仕方ないけれど。

その後も様々な説明を受け、契約書まで交わした後、私は王城を案内されたのだった。

帝国に来て初めての夕食を終えた私は、自室としてあてがわれた部屋へ戻ってきた。

「……お腹いっぱいって、本当に幸せだわ」

ちなみに先代の皇妃様も使っていたこの部屋は、大聖女として何度も訪れたことがある。

そのため、他人の部屋という感覚が抜けない。

それでも疲れ切っていた私は、遠慮なくぼふりと大きなベッドに倒れ込んだ。

(ふかふかで清潔で、良い匂いもする……天国みたい)

そんな当然のことに感動してしまうほど、私が元々暮らしていたファロン神殿での環境は酷いものだった。

(そのせいで、さっきもやらかしちゃったのよね)

フェリクスと共に夕食をとっていた私は、途中で泣き出すという大失態を犯したのだ。

思い返しても恥ずかしくて、頭を抱えたくなる。

『……どうして……っごめんなさい』

食事中、突然私の両目からは涙がこぼれ落ち、フェリクスは驚いた表情を浮かべていた。

温かくて美味しい、懐かしい故郷の料理を食べられたことや、一人じゃない食事――何より
フェリクスと一緒だったことで、感極まってしまったのかもしれない。

（今までのティアナの感情が、強く残っているんだわ）

『大丈夫ですか？』

『はい。とても美味しかったので、感動してしまって』

『………』

慌てて涙を拭い、笑顔を作る。

その後は空気を変えるためにも、フェリクスにたくさんの質問をした。

『もし良ければ、フェリクス様と呼んでも？』

『もちろんです。夫婦ですから』

『私のことはぜひティアナと』

『分かりました。そう呼ばせていただきますね』

『フェリクス様は休日、何をされて過ごされることが多いんですか？』

『狩猟や遠乗りに行くことが多いです』

『本はどんなものを読まれますか？』

『魔法に関するものがほとんどですね』

使用人の前では円満な関係アピールをする必要があることに乗じる私に、彼はにこやかに答えてくれる。

周りにいた使用人も皆、そんな私達をにこやかな表情で見つめていた。――フェリクスの側近を除いては。

（小さなウサギにも怯えて、馬に乗るだけで怖いと泣いていたのに……今の趣味は狩猟に遠乗りですって……ふふっ）

きっとフェリクスにも、お喋り女だと思われているに違いない。

けれど、最近の彼のことが知りたかった。

（不自由なく暮らしているようで、本当によかったわ。あの頃のフェリクスには、自由がなかったから）

『ティアナ様が来てくださって、本当に嬉しいです！』

『とても安心いたしました。ありがとうございます』

そして城で顔を合わせた人々は皆、聖女である私に会う度にとても嬉しそうな、安堵したような顔をした。

やはりこの国は聖女信仰が強く、長年聖女がいないというのは、民達の心に暗い影を落としていたのだろう。

（少しでも、彼らの期待に応えられたらいいけれど）

『おやすみなさい、フェリクス様』

『はい。また明日』

先ほど寝室の共有部分に入った後はもう、フェリクスはこちらを見ようともしなかった。

（まあ、当然だわ。本当なら治癒魔法や浄化魔法をババンと使える、有能な聖女に来てほしかったでしょうし）

そうは分かっていても、やはり少しだけ、寂しくてもどかしい気持ちになってしまう。

「……小さなフェリクスは、本当に可愛かったな」

目を閉じると、あの頃の思い出が鮮明に蘇ってきた。

——私がリーヴィス帝国の大聖女の地位に就き、二年が過ぎたある晩のことだった。

当時二十歳だった私が仕事を終え自室で休んでいたところ、突然見知らぬ使用人の女性が、血相を変えてやってきたのだ。

『大聖女様、お助けください……私の命はどうなっても構いませんから、どうか……！』

『命なんてとらないわ、大丈夫。私にできることならするから、まずは落ち着いて』

あまりの動揺した様子に、緊急事態なのだと悟る。

かたかたと震え、涙を流す彼女を落ち着かせて話を聞けば、第三皇子の侍女だという。

（第三皇子といえば、ずっと離宮でお過ごしになっているから、姿を見たことはないのよね）

身体が弱いため、療養しているという噂だけは聞いたことがある。

いつも皇帝の側にいる第一・第二皇子とは違い、公的な場に出ることも一切なかったはず。

『酷く苦しまれていて、このままでは……もう……』

取り乱しているけれど、皇子が病や怪我で苦しんでいることだけは伝わってくる。

『分かったわ。とにかく殿下のもとへすぐに案内して』

私は椅子にかかっていたストールを掴むと顔を隠すように巻き、人目を避けて侍女と共に離宮へと走り出した。


初めて訪れた離宮はかなり古びてはいたものの、綺麗に手入れされていた。ここで働く者達が心を砕いていることが窺える。

(それでも、皇族が住んでいるとは思えないわ)

使用人の数は非常に少なく、中も質素なものだった。違和感を覚えながらも、皇子の部屋へと案内される。

『……こちらが第三皇子である、フェリクス様です』

そしてベッドに横たわる皇子の姿を見た瞬間、私は思わず息を呑み、口元を手で覆った。

苦しみながら呻く小さな身体には、焼け爛《ただ》れたような真っ赤な痣《あざ》が広がっていたからだ。

言葉を失い立ち尽くす私に、侍女は続ける。

『フェリクス様は、炎龍の呪いを受けているのです』

『そんな……!』

──「炎龍の呪い」とは遠い昔、リーヴィス帝国の皇族によって討伐された炎龍による強い呪いのはず。

ごく稀《まれ》に皇族の血が流れる者に発現し、火傷《やけど》の様な痣が全身に広がり命を蝕《むしば》んでいく、とだけ聞いている。

けれど伝承のようなものだと思っていたし、本当に存在するなんて大聖女である私ですら知らなかった。

(きっと、醜聞を避けるためにこうして隠され続けていたのね。第三皇子だけでなく、これまで呪いを受けた人々も)

治療方法もないからこそ皇子は離宮へと追いやられ、見捨てられていたのだろう。

(まだ八歳だというのに……こんな扱いを受けて……)

ずっとこの場所に閉じ込められ、苦しみながら生きてきたのだと思うと、胸が張り裂ける思いがした。

高熱が出ている真っ赤な頬に、そっと触れる。

燃えるようなあまりの熱さに、再び言葉を失ってしまう。

(数日間この状態だと聞いているし、既に体力も限界を迎えているはず。このままでは時間の問題だわ)

最上位の回復魔法を何度も試したけれど、やはり変化はない。焦燥感だけが募っていく。

そんな中、不意に皇子の目が薄く開いた。

透き通った美しいアイスブルーの瞳から、目を逸らせなくなる。

『……だ、れ……？』

『初めまして、フェリクス殿下。私はこの国の大聖女、エルセ・リースと申します』

大聖女だと名乗るのが心苦しいくらい、私は今、自分の無力さを痛感していた。

（目の前で苦しんでいる人を救うことすらできないというのに、何が大聖女よ）

やがて小さな骨ばった手が、頬に触れていた私の手を掴む。

今にも折れてしまいそうな手も、ひどく熱い。

『……せ、じょ……さま……た、すけ、……』

掠《かす》れたすがるような声に、心底泣きたくなった。

――大聖女というのは、国の宝だ。許可された場以外では力を使ってはいけないことも、この身体を傷付けるようなことがあってはいけないことも、分かっている。

この身体はもう、私ひとりのものではないのだ。一人を救うより、大勢を救うことを選ばなければいけない。

それでもこの小さな手を振り払うことなんて、目の前の命を見捨てるなんて、私にはできそうになかった。

（私が聖女になったのは、苦しむ人を救うためだもの）

不安と罪悪感に押し潰されそうになりながらも、何度か深呼吸をし、心を決める。

そしてベッドの前に跪《ひざまず》き皇子の手を取ると、私は祈りを捧げるように自身の額に当てた。

聖女には、それぞれ能力がある。

普通は「治癒」「浄化」のみだけれど、大聖女の私は他にも有していた。

「……っう……っ』

『大聖女様、大丈夫ですか⁉』

『ええ……だいじょ、ぶ……よ』

腹部が燃えるような熱さを帯び始める。想像を超えた激痛に、背中を汗が伝う。

やがて側で様子を見守っていた侍女が、声を上げた。

『う、嘘……フェリクス様の痣が……聖女様、ありがとうございます……！　奇跡だわ！』

皇子の顔や手足まで広がっていた真っ赤な痣は少しずつ消え、青白い肌の色に戻っていく。

先ほどまで苦しげにしていた表情も、穏やかなものへと変わっている。

『……あり、がと……』

皇子は小さく微笑んで、そう言ってくれた。

私は必死に笑みを浮かべると「どういたしまして」と返す。

少しの後、すやすやと規則正しい寝息が聞こえてきたことで、ほっと胸を撫で下ろした。

(良かった。これで少しは落ち着くはず)

安堵して脱力した途端、再び酷い痛みが襲ってきた。この場で倒れては、無断で力を使ってしまったことが露見してしまう可能性がある。

(バレてしまったら間違いなく、罰を受けるのは私だけでは済まなくなるもの)

喜びの涙を流す侍女に今の出来事は絶対に他言しないこと、特別な魔法だからもう使えないかもしれないということを告げて、私は足早に離宮を後にした。

重い足を引きずりなんとか自室へ戻ると、私は倒れるようにベッドに身体を横たえた。

『……う……痛っ……』

先ほど使った能力は「魔力吸収」――他人の魔力を吸い取り、自分のものとする力だった。

この能力で私は、潤沢な魔力を持つ人間から魔力を吸収しては治癒魔法を使い続け、多くの人を救っていた。

魔力が多い人間はそれなりにいるものの、治癒魔法というのは聖女にしか使えない。もちろん体力の限界はあるし、無限に使えるわけではないけれど。

そして呪いもまた、魔力を含む。だからこそ、私は皇子を救うため、呪いごと魔力をこの身に吸収したのだ。

『やっぱ……無理、しすぎちゃった、なあ……』

吸収する量は調節したから、命に関わることはないはず。それでも、痛みと熱で目の前がぐにゃりと歪《ゆが》む。痛みを堪えるために、きつくシーツを握りしめた。

（皇子はこの何倍も辛い思いをしていたのね）

どうか少しでも、あの小さな皇子様が笑顔でいられますように。

そう祈りながら、私は意識を手放した。

これが私とフェリクスの出会い――そして私が彼の呪いの一部を、初めて自分の身体に移した日でもあった。


ゆっくりと意識が浮上し、瞼《まぶた》を開ける。

寝返りを打ち時計へ視線を向ければ、既に日付は変わっていた。

「えっ、もうこんな時間⁉」

慌てた私は、がばっとベッドから起き上がる。

フェリクスとの過去を思い返しているうちに、ぐっすり眠ってしまっていたらしい。出会った日の夢を見たことで、余計に懐かしい気持ちになる。

（あれから色々あって懐かれて、いつしかフェリクスが可愛くて仕方なくなっていたっけ）

当時の私はかなり多忙だったけれど、フェリクスのお願いは断れず魔法まで教えることになったのだ。立場の弱い彼を、あの場所から救いたかった気持ちもある。

身体は弱かったものの、フェリクスには潤沢な魔力と才能があったため、誰よりも成長が早かった。

（それにしてもあの呪い、高熱は出るし死ぬほど痛かったのよね。夢でよかった……二度と味

わいたくないわ）

バレないよう服で隠れる部分にと思い、私はフェリクスの呪いを自身の腹部へ移した。

吸収した魔力を他に移す力はない上に、見た目もかなり酷かったため「お嫁に行けないかもしれない」なんて心配した記憶がある。

結局、二年後に二十二歳という若さで死んでしまい、杞憂で終わったのだけれど。

「ふわあ……寝る支度を済ませて、さっさと寝ないと」

移動疲れが溜まっており、まだまだ眠い。栄養や睡眠不足がちだった私は、体力も悲しいくらいになかった。

ようやくファロン神殿での地獄の日々から抜け出せたのだから、しばらくのんびりしたい気持ちはある。

けれど可愛い元弟子のため、そしてこの国のためにも、ひとまず頑張ってみようと思えた。

（魔力はまだ少なくても、私には多くの知識や経験があるもの。できることはあるはずだわ）

明日の朝食の時にでも許可をもらい、この国のこと、自身の魔力の減少や増加について改めて調べてみよう。

そう決めて、私は急ぎバスルームへと向かった。

第三章 ✶ 帝国の「呪い」について

「何なんですか、あの騒がしい女は‼‼」

「……お前も十分騒がしいけどね」

深夜の執務室に、側近であるバイロンの大声が響き渡る。

その身体は怒りから、小さく震えていた。

「フェリクス様が使用人達の手前、優しくしているのをいいことに、ペラペラペラペラペラと！　無能なくせに口だけは達者だなんて、迷惑でしかありません！」

「一人で見知らぬ土地に来て、不安なんだろう」

バイロンの言う通り、彼女――ティアナ・エヴァレットは驚くほどよく喋った。

それも俺について、些細《ささい》なくだらないことばかりを尋ねてくるのだ。

（体調まで聞いてきた時は、何の真似かと思った）

だが、こちらから振る話題もないため、周りの目を考えると好都合ではあった。もちろん、程度というものはあるが。

嬉しそうに俺の話を聞く彼女のまなざしは、他の令嬢達が向けてくる視線とは全く違う。

だからこそ、不快感はあまり感じなかった。

「フェリクス様は甘すぎます！　王国の人間ですよ！」

「そんなことはないよ」

彼女に対し特別何かをしてやるつもりもない。

それでも食事中、静かに泣き出した姿が頭から離れなかった。

『……どうして……っごめんなさい』

涙を拭う彼女の手は、貴重な聖女とは思えないくらい痛んでいることにも気が付いた。水仕事をする使用人のものと変わらないほどだ。

呪われた土地と呼ばれる我が国へ差し出されるくらいなのだ、良い扱いを受けていなかったのは明らかだった。

『ティアナ様は、神殿の外に出たことがほとんどないようでした。普通の果物ひとつをとても嬉しそうに、美味しそうに食べていらっしゃって……何より夜は毎晩うなされながら、涙されていらっしゃいました。ファロン王国ではお辛い環境にいたのだと思います』

同行させた侍女も、涙ながらにそう語っていた。

（……憐《あわ》れだな）

その上、彼女は我が国へ向かう道中、殺されかけたという。間違いなくファロン王国が仕向けたものだろう。

「そもそも、ファロン王国はどうかしています！　先日の件だって、到底許されることではありません。本来なら、国家間の――」

「だが、証拠はなかったんだ。責めることはできない」

捕らえた男達は魔法をかけられており、口を割ることはなかった。

（本当にティアナは駒として、捨てられたんだろう）

だが、王国がここまでするとは思わなかった。手段を選ばないことを考えると、さらに警戒する必要がある。

自国の問題だけでも手一杯だというのに、本当に厄介なことばかりだと溜め息が漏れた。

「あの聖女、本当に魔法が使えたのでしょうか？」

「……どうかな」

襲ってきた男達を全て倒し、怪我をした者達を魔法で治療したのも彼女だという。

『聖女ティアナ様は本当に素晴らしい方です！　我が国もこれで安心ですね』

先ほど執務室を訪れた騎士達は口を揃え、ティアナを褒め称《たた》えた。彼らの話の通りそれほどの力を持っているのなら、王国が差し出すとは思えない。

何より彼女がまったく魔法を使えないというのは、確かな情報だったはずだ。

（まさか、ずっと力を隠していたのか？）

だが無能だとあんな扱いを受けてまで、魔力を隠していたとはとても思えない。

既にティアナとの契約は全て交わしており、今更聖女としての仕事を強要することはできないのだ。ひとまず彼女を見張っておく必要があるだろう。

『ティアナ様はとても素敵な方ですよ。民達に愛される、素晴らしい皇妃になると思います』

侍女もそう言っていたが彼女に対して、最低限の付き合いを保つ気持ちにも変わりはない。

ただ逃げられては困るため、不自由だけはさせないようにするつもりだった。

「それより、ナイトリー湖は本当に浄化されたのか？」

「はい。調査の結果、完全に元の湖に戻ったそうです」

我が国で最初に「呪い」を受けた地とされるナイトリー湖は黒く濁り、動植物を死に至らせる瘴気《しょうき》や大量の魔物を生み出していた。

だが何をしても改善しなかった湖が数日前、突如完全に浄化され、元の美しい湖に戻ったというのだ。

まさに奇跡だとしか言いようがなかった。

（一体、何が起きているんだ？）

「民達は聖女が来たからだと言っているようです。あの無能な聖女はその頃、殺されかけていたというのに」

バイロンは吐き捨てるようにそう言って、鼻で笑う。よほど彼女が持てはやされることが許せないらしい。

「湖についても、引き続き調査を進めてくれ」

「かしこまりました」

帝国には他に四ヶ所、呪われた地が存在する。ナイトリー湖が浄化されたことから、他の地を救うためのきっかけを掴めるかもしれない。

エルセが愛したこの国を、俺は必ず守っていかなくてはならないのだから。

「……聖女が来たから、か。本当にそうなら、彼女は大聖女にでもなれるんじゃないか」

翌朝、私はとても爽やかな気持ちに包まれていた。笑顔のまま食堂にて、フェリクスの向かいに腰を下ろす。

「おはようございます、良い朝ですね」

丁寧に挨拶を返してくれたフェリクスは朝から輝くような美しさで、とても眩《まぶ》しい。

「よく眠れましたか?」

「はい、それはもう。お蔭様で」

(こんなにも気分の良い朝を迎えたのは、一体いつぶりかしら。きっと前世以来だわ)

しっかり食事をしてベッドで十分に睡眠をとり、綺麗な服に身を包むだけで幸せな気持ちになった。私は二日目にして、既にここでの生活を満喫し始めている。

起きがけに井戸の冷水で顔を洗っていただけの生活とは違い、メイド達によって丁寧に身支度を整えられた。

皇妃となる立場ということもあり、ドレスやアクセサリーも全て最高級品だ。大聖女時代も身に着けたことのない品々に、思わず背筋が伸びる。

『ティアナ様、本当にお美しいです!』

『まるで女神様のようですわ……！』

ミントグリーンのドレスに合わせ、同じ色のリボンを編み込んで髪を結われた。メイド達は大袈裟《おおげさ》なくらい褒め称えるものだから、落ち着かなくなる。

（でも想像していたよりずっと、私って綺麗な顔をしていたのね。みすぼらしい姿でいたのが勿体《もったい》ないわ）

これなら見掛け倒しの皇妃や聖女としても、少しは説得力が出るはずだ。

黙っているだけでも、それらしい雰囲気が出ている気がする。

「快適に過ごされているのなら、何よりです」

「ええ、ありがとうございます」

時折よそよそしい会話をしながら、フェリクスと共に豪華な朝食をとる。いつ話を切り出そうかと考えていると、何故か使用人達は一斉に食堂を出て行く。

二人きりになり、どうしたんだろうと思っているとフェリクスは静かに口を開いた。

「二人だけで話をしたかったので、下がらせました」

嫌な予感がしながら、私は静かに首を縦に振る。

「ファロン王国からリーヴィス帝国へ向かう道中、あなたを襲った者達は、ファロン王国側が仕向けたものだと思いますか」

「……はい。申し訳ありません」

投げかけられた問いに使用人達を下げたのも納得だと思いながら、正直に答えていく。ここで変に嘘をついて、王国の人間である私まで疑われては困るからだ。

それからもあの日の件について、色々と尋ねられた。

フェリクスも私が見捨てられ、帝国を強請《ゆす》るネタにされたのだと気付いているらしい。ずっと穏やかな口調のままで、私を責めることはなかった。

「あなたが魔法を使えるというのは、本当ですか？」

「私についてどうお聞きしているのかは存じませんが、魔力量がとても少ないだけで、魔法は元々使えますよ」

一応、嘘は言っていない。

雑用係として聖女達のロッドを磨くとか、冷やかし程度の魔法は使えたのだ。

「そうですか。失礼しました」

「いいえ」

ストレートな問いに内心どきりとしたものの、詳しく話すつもりがないと察したのか、フェリクスはそれ以上、尋ねてくることはなかった。

既に昨日、この結婚について私のすべきことに関して全ての契約内容を書類にまとめ、判を押してある。

（多少の魔法を使えたとしても、フェリクスは私に契約以上のことは何も望まない、という約束だもの）

だからこそ、彼は「関係の無いこと」に口を出すのは憚《はばか》られるのだろう。それでも私なりに行動するつもりだと心の中で謝りつつ、早速お願いをすることにした。

「この国の『呪い』について知りたいので、図書館へ行く許可をいただけませんか？　聖女であり皇妃となる私が無知では、恥をかいてしまうかもしれませんから」

フェリクスは一瞬、驚いたように切れ長の目を瞬《またた》いたものの、すぐに元の表情に戻る。

「……分かりました、あなたが後悔しないのならどうぞ。王国に帰りたいと言っても、帰してはあげられませんが」

（まあ、嫌な言い方！　そんなに酷い有様なのかしら）

「あの国には頼まれても帰りませんから、ご安心を」

「そうですか。朝食を終えたら、俺の側近であるバイロンに案内させますね。部屋で待っていてください」

「はい、ありがとうございます」

それからは今後のスケジュールを聞いているうちに、あっという間に時間は過ぎていった。

（フェリクス、ちゃんと寝ているのかしら？　様子を見る限り、信じられないくらい多忙だわ）

とはいえ、私も最初のひと月だけは暇ではない。

明日からは早速、婚礼衣装の仕立てが始まる。二週間後には私のお披露目のための舞踏会が行われるようで、帝国のマナーについても最低限学ぶことになっていた。

これらについても契約書にしっかり書かれているし、私も承諾済みだ。フェリクスは恐ろしいほどに細かい。

(私は元々この国の伯爵令嬢だったし、大聖女としても社交の場や式典に出ていたから、問題はないはず)

その辺りは楽できそうだと思いながら、美しく切り飾られた果物を食べている時だった。

(あ、今ならちょうどいいかもしれないわ)

聞いておきたかったことを思い出した私はフォークを置くと、フェリクスへ視線を向ける。

夫婦になるというのに私達が二人きりになることは全くないため、良いタイミングだろう。

「フェリクス様は、お慕いしている女性はいますか?」

するとフェリクスも食事をする手を止め、まるで信じられないものを見るような目で、私を見つめ返した。

「……質問の意図を聞いても?」

少しの沈黙の後、フェリクスは逆にそう尋ねてくる。

どうやら言葉が足りず、困惑させてしまったらしい。前世からの悪い癖だと反省し、すぐに答えようとした時だった。

「もしいらっしゃるなら、私が——」

「フェリクス様、失礼いたします」

ちょうど私の声と被るようにノック音が響き、彼の側近のバイロンが食堂へ入ってくる。

バイロンはご丁寧に一度、私をきつく睨んでから慌てた様子でフェリクスに耳打ちをした。

(急ぎなら、わざわざ睨まなくてもいいじゃない!)

私は再びフルーツを食べながら二人の様子を見ていたけれど、何やらかなりの急用らしい。

「申し訳ありません、もう行かなくては。今夜俺の部屋で話の続きをしましょう」

(フェリクスの寝室？　普通に入れてくれるのね)

完全にプライベートとは線引きされていると思っていたため、意外だと思ってしまう。

そしてそんな私より、フェリクスの側に立つバイロンの方が驚き、動揺していた。

エメラルドによく似た切れ長の瞳を見開き、私とフェリクスとを見比べている。

「フェ、フェリクス様、それは……！」

「行こうか。では、また夜に」

出て行くフェリクスと、何故か再び私をきっと睨んだバイロンを見送り、立ち上がる。

(確かこの後、あのバイロンに図書館へ案内してもらうのよね。うわあ……気が重いわ……)

マリエルあたりに案内してもらうと言って、断っておけばよかったと後悔した。

――あんな質問をしたのを、更に後悔することになるなんて知らずに。


自室へ戻った私はソファに背を預け、ひとり物思いにふけっていた。

(それにしても、この十七年で城の人間もほとんど替わってしまったのね。知っている人間が全くいないわ)

メイド達から話を聞いたところ、フェリクスが即位した後、大きな改革があり一気に替わったんだとか。

そんなことを考えているうちに、彼はやってきた。

「……バイロン・サイクスと申します」

「ティアナよ。よろしくね」

肩下までの太陽のように輝く金髪はきっちりと結ばれており、自然に前へ流されている。

フェリクスと一緒にいるせいであまり意識していなかったけれど、彼もかなりの美形だ。

ただ、その視線や態度からは「お前なんか聖女や皇妃などとは認めない」という強い意志が滲《にじ》み出ている。

（ここまで敵意を向けられると、逆に安心するわ）

表向きはニコニコとしていて腹の中に本音を溜め込む人間よりも、これくらいの方が分かりやすくていい。

それがフェリクスへの忠誠心ゆえだということも、分かっている。そしてこういうタイプは腹を割って話せば意外と、味方になったりするものだった。

そして彼のような人間は、誤解をさせないのが一番大切だ。

まずは敵ではないと伝えるため、先手を打つ。

「私が皇妃だなんて、認められないのは当然だわ。なるべく迷惑をかけないようにするし、国が安定したらすぐに出ていくから、少しの間だけ我慢してちょうだいね」

健気な顔をしてそう言ってのけると、バイロンはぽかんとした顔をした。

私が「この国でとことん甘い蜜を吸ってやろう」とでも思っていると考えていたのかもしれ

ない。ファロン王国がしたことを考えれば、当然だ。

「今夜の件も安心して。実はさっき、フェリクス様に慕っている女性はいるかどうか、お聞きしたの。もしもいるのなら、隠れ蓑《みの》になると伝えるだけだから」

フェリクスは聖女を貰い受けた手前、そして聖女の存在をアピールするために、私と結婚するだけなのだ。

本当は良《い》い関係の女性だっているかもしれない。むしろ彼ほどの人なら、いない方が不思議なほどだった。

『フェリクス様の過去の婚約者候補ですか？　以前、シューリス侯爵家のザラ様とのお話があったような……』

『隣国の王女様とのお話もなかった？』

『ああ、あったわ！　確か第二王女様よね』

実はメイド達からもこっそり、そんな話を聞いていた。

やはり過去、色々と話はあったらしい。

『その話、もっと詳しく教えてほしいわ！』

ちなみに食いつきすぎて、未来の夫の過去が気になって仕方ない乙女だと思われてしまったくらいだ。すごく恥ずかしい。

（邪魔にはなりたくないし、応援したいもの）

もしも本命の相手がいるとして、国の安定に時間がかかれば、かなり待たせてしまうことになるだろう。

この国の貴族女性にとって、若さというのは重要だ。すぐに「行き遅れ」というレッテルを貼られてしまう。

何より私達が円満アピールをしていれば、側室を作ることも難しいはず。それなら私を隠れ蓑にしてもらい、今からでも二人で過ごしてほしいと思っている。

全力でその意志を伝えると、バイロンは虚をつかれたように「そ、そうですか」と返した。

（ここまで言えば、流石に伝わったはずよね。私はあなた達の味方なんだから）

私は改めて笑みを浮かべると、ドアへ手を向けた。

「それじゃ、図書館へ行きましょうか」

「は、はい」

それからも移動中、私はひたすら無害・無欲アピールを続けた。その甲斐あってか、バイロンも初めに顔を合わせた時より、私への警戒心が多少は解けたようだ。

やがて図書館に到着したものの、私が求める『呪い』についての文献は、ほとんどないと言われてしまった。

「大変申し訳ありません。こちらの資料は現在、まとめて魔法塔に貸し出しております」

「……仕方ありませんね、魔法塔へ適当なものをいくつか借りにいきましょう」

現在『呪い』についての調査に力を入れているのか、まるごと文献を魔法塔に移動したばかりらしい。

そのまま私達は王城の敷地内にある、魔法塔へと移動した。

聳《そび》え立つ純白の塔は、昔と一切変わっていない。

「こちらが魔法塔です。……中を見ていきますか？」

「ええ、ぜひ！　ありがとう」

私の必死のアピールが功を奏したのか、バイロンの方からそう言ってくれた。十七年ぶりの魔法塔がどうなっているのか気になった私は、すぐに頷いた。

バイロンの後をついて歩きながら、見学していく。

（とても活気に溢《あふ》れているわ）

正直、呪われている土地と呼ばれている帝国は、もっとしんみりしていると思っていた。

けれどここで働く魔法使い達の瞳には、はっきりとした希望が宿っている。

「すごく良い雰囲気ね。みんな生き生きとしてる」

「はい。実は数日前、ナイトリー湖という──」

「あれ？　バイロンさん、どうかしたんですか？」

働く魔法使い達の様子を見つめていると、不意に背後から聞こえてきた声に心臓が跳ねた。

この甘い声や穏やかな口調には、覚えがある。

「素敵な女性を連れていらっしゃいますね。もしかして、こちらの方が例の聖女様ですか？」

そして振り返り彼の姿を見た瞬間、思わず固まってしまう。

——前世の記憶を取り戻しこの国に来てから、フェリクス以外の「過去の知人」と会うのは初めてだった。

立ち尽くす私の代わりに、バイロンが「こちらが王国から来てくださった聖女様です」と紹介してくれる。

「初めまして、聖女様。僕はルフィノと申します」

そしてエルセ《私》のかつての友人であり、魔法塔を治める国一番の魔法使い——ルフィノは美しく微笑んでみせた。

「…………」

十七年前と変わらない姿をしたルフィノは、黄金の瞳を柔らかく細め、私を見つめている。

ルフィノはハーフエルフのため寿命が長く、歳をあまりとらないのだ。私が帝国の大聖女だった頃でも、ゆうに百歳を超えていたはず。

人間離れした美しさを持ち、穏やかで誰にでも親切な彼は、多くの人から愛されていた。

（あのシルヴィアだって、ルフィノを好いていたっけ）

「聖女様、どうかされましたか？」

過去を思い出しぼんやりしてしまっていた私の顔を、ルフィノは不思議そうに覗き込む。

すぐに我に返り、私は慌てて笑みを向けた。

「初めまして。ファロン王国から参りました、ティアナ・エヴァレットと申します」

「ティアナ様ですね。何か魔法についてお困りのことがあれば、僕にお申し付けください」

「ありがとうございます」

相変わらず優しい雰囲気を纏った彼は、形の良い唇で美しい弧を描く。陽の光を受けて輝く銀髪と大きな金色のピアスが、春の風で揺れていた。

まるで別人となったフェリクスとは違い、ルフィノは私が知る彼そのもので、安堵したような気持ちになる。

「僕に敬語など使われる必要はありません。ぜひルフィノとお呼びください」

「ええ、分かったわ」

バイロンがここへ来た理由を説明すると、ルフィノは納得したような様子を見せた。

「ああ、そうでしたか。すぐに資料を保管している部屋へご案内します。バイロンさんはお忙しいでしょうし、僕が聖女様をご案内して、お部屋まで送り届けますよ」

「ですが、ルフィノ様こそお忙しいのでは……」

「優秀な子達が多いので、僕が多少抜けても問題ありませんから。それに魔法塔の主としても、長い付き合いになる聖女様とはお話をしておきたいので」

ルフィノの予想外の申し出に少し驚いたものの、断る理由などない。もちろん、長い付き合いになる可能性は限りなく低いのだけれど。

（ルフィノほどの立場の人にも、私がお飾りだと知らせていないのかしら）

「ぜひお願いするわ、ありがとう」

「かしこまりました」

ルフィノとも良い関係を築けたなら嬉しいし、バイロンだって私とはさっさと別れ、仕事に戻りたいはず。

少し戸惑った様子のバイロンにお礼を言うと、私はルフィノと共に資料室へと向かった。


「こ、こんなにあるのね……」

資料室に着き『呪い』についての文献だという本の山を前に、私は息を呑む。

問題解決のため、これまで多くの研究が続けられてきたのだろう。

一体どこから手を付ければいいだろうと首を傾げていると、ルフィノは本の山の中から数冊の本を魔法でふわりと取り出し、私の目の前の机に重ねて置いた。

「このあたりが分かりやすいかと思います。帝国の『呪い』についてはどの程度ご存じで？」

「……恥ずかしながら、ほとんど何も知らないの」

「そうでしたか。良ければ僕がご説明しましょうか」

無知な私を白い目で見ることもなく、ルフィノはそう申し出てくれる。ルフィノはエルフというより天使だと思いながら、お願いをした。

最年少で大聖女となり、不安定な立場だった私をいつも助けてくれたのも、彼だった。

ルフィノは一冊の本を開き、見せてくれる。そこには文字と共に、真っ黒な湖と魔物の絵が描かれていた。

「我がリーヴィス帝国に初めて『呪い』が降りかかったのは、今から十五年前のことでした」

「十五年前……」

「はい。初めに帝国最大の湖であるナイトリー湖が一夜にして穢《けが》れ、瘴気と魔物を生み出す死の湖となったのです」

湖を囲む広大な森の動植物は全て死に絶え、湖から繋がる川を伝い瘴気は広範囲に広がり、数えきれないほどの人々が命を落としたという。

あまりの惨《むご》い話に、言葉を失ってしまう。

一晩にしてそれほどの穢れを生み出す呪いの原因なんて、想像すらつかなかった。

「ナイトリー湖を含めて計五ヶ所、帝国には突如『呪い』を受けた場所があります」

湖から洞窟、村まで様々な場所があり、私が想像していたよりもずっと状況は悲惨なものだった。そのどれもがとても美しい場所だったことを、私は知っている。

(……どうしてリーヴィス帝国が、こんな呪いを受けなくてはならなかったの?)

エルセ《私》が生きていた頃は、そんな気配など一切なかったというのに。エルセとして生まれ育ち愛した帝国が変わり果ててしまったことに、ショックを隠しきれずにいた。

「大聖女様のお蔭で、今年は豊作だったんですよ』

『わたしね、大きくなったら大聖女さまみたいな、すごい聖女さまになりたい!』

何より美しい自然や大切な民達の多くの命が失われたことを思うと、悔しくてやるせなくて悲しくて辛くて、胸が張り裂けそうになる。

「……っ」

気が付けば私の瞳からは、涙が溢《こぼ》れ落ちていた。

（私があの時死んだりしなければ、救えた命だってきっと、たくさんあったはずだわ）

今、私が泣いたところで何も変わらない、無意味なことだと分かっているのに、涙は止まってはくれない。

「っごめん、なさ……」

いきなり泣き出してしまっては、ルフィノだって困るだろう。そう、思っていたのに。

私の涙を指先で拭った彼は、きっと私と同じくらい辛そうな顔をしていた。

「……あなたはやはり、変わりませんね」

「えっ？」

ティアナとしては先ほど初めて会ったはずなのに、まるで私のことをよく知っているような口ぶりに困惑してしまう。

（もしかして、ルフィノも泣き虫で空っぽなティアナのことを知っていたのかしら）

そんなことを考えながら、なかなか止まってくれない涙を必死に堪えようとしていた時だった。

「――ティアナ？」

名前を呼ばれ顔を上げると、そこには見間違えるはずもない、フェリクスの姿があった。

「何故、泣いているのですか」

フェリクスはそう言って、形の良い眉を寄せる。

こんなにも号泣している姿を見れば、困惑するのも当然だ。けれどこればかりは、どうしようもなかった。

「ティアナ様は帝国が『呪い』によって失ったものを想い、涙を流してくださったのです」

ようやく涙が止まったものの、まだ上手く話せない私の代わりにルフィノが答えてくれる。

「美しい心を持つ、お優しい聖女様ですよ」

「……そうですか」

ルフィノは嘘を吐かない。だからこそフェリクスも彼の言葉を信じたらしく、少し安堵した様子を見せた。

（ああ、私がこの国の現状を知って、絶望して泣いているとでも思ったのね）

こんな国から帰りたいという涙だと思い、逃げ出されては困ると心配していたのだろう。

「陛下はどうしてこちらに？」

「仕事で魔法塔に立ち寄り、ティアナがいると聞いて様子を見に来たんです」

「そうでしたか。今は僕が色々ご説明していたんです」

「……ルフィノ様が？　ありがとうございます」

「いいえ」

（それにしても、フェリクスが私以外の人間に対して敬語を使っているのは初めて見たわ）

私同様ルフィノとは、フェリクスが離宮で暮らし、立場が弱い第三皇子の頃からの付き合いなのだ。その時の名残なのかもしれない。

昔と変わらないところを見つけるたび、少しだけ嬉しくなる。

「では、俺はこれで」

フェリクスが出て行った後、再びルフィノに向き直ると、彼は蜂蜜色の瞳でじっと私を見つめていた。

「陛下とは、あまり関係が良くないのですか？」

「ええと……良くはないですが、これから距離を縮めて行けたらと思っています」

フェリクスはルフィノの前では、普段の円満感を出そうとはしていなかった。

ルフィノは決して余計なことは言わないし、信用しているからこそなのかもしれない。

「絶対に大丈夫ですよ、あなたなら」

確信した様子で断言するものだから、本当にそんな気がしてしまう。

「ありがとう。それと、泣いてしまってごめんなさい」

「いいえ。この国を想ってくださってのことですから。それと、ご安心を。実は数日前、ナイトリー湖の穢れが完全に浄化されたのです」

「えっ？」

話を聞いたところ、なんと穢れ切っていた湖が完全に浄化され、元の姿に戻ったらしい。

信じられない奇跡のような出来事に、誰もが驚きを隠せずにいるという。

（まさに奇跡だわ。でも、本当に良かった……だから皆やる気に満ち溢れていたのね）

今回の件は、間違いなく大きな希望となったはず。

ナイトリー湖が浄化された原因を究明し、他の地の解決に繋がることを祈るばかりだ。

「ちなみに民達は、聖女であるあなたが来たからだと思っているようですよ」

「……それは中々、いたたまれない気持ちになるわ」

「ふふ、いいじゃないですか」

その頃、私は殺されかけていたのだ。

無関係だというのに手柄にされてしまっては、申し訳なくなる。

「残りの四ヶ所のうち、一番近いのはどこかしら」

「ここからだと赤の洞窟ですね。馬で半日で着きます」

今の私に何ができるのかは分からないけれど、まずは一度、『呪い』を直接見てみたい。

「私も洞窟に行って直接調べてみたいんだけど、穢れが酷いのよね？　どの程度まで近付けるかしら」

「僕が結界を張れば、最奥までいけると思いますよ。行きましょうか？」

「本当にいいの？」

「はい。聖女様がそう言ってくださっているんです。僕にもお手伝いさせてください」

（お手伝いも何も今の私ができることなんて、ルフィノの十分の一以下なんだけど……）

それでも彼が一緒なら、何よりも心強い。普通なら私なんかが行ったところで何が分かるんだと思うはずなのに、真摯に対応してくれるルフィノに胸を打たれた。

それにルフィノが一緒なら安全だろうし、フェリクスの許可も下りるはず。

「本当にありがとう！　でも、どうして？」

「あなたなら、何かを変えてくれると思ったので」

「…………？」

（やっぱりルフィノって、私が空っぽ聖女だってことを知らないのかしら？　そうだとしたら逆に気まずいわ）

やけに期待されていることに疑問と申し訳なさを抱きつつ、それからも『呪い』について教えてもらい、本を何冊か借りた私は自室へと戻ったのだった。

第四章✶愛しい面影を追いかけて

夜、私は約束の時間になったことを確認し、寝室の共有部分へ移動した。

いつも私が使うのは赤の魔法陣だけれど、今日はフェリクスの部屋へ続く青い魔法陣の上に立つ。ほんの少しの魔力を込めれば、すぐに魔法陣は青白く光り出す。

すぐに目の前の景色は変わり、一瞬にしてフェリクスの部屋へと移動していた。

「……ええと、お邪魔します」

「どうぞ」

ソファに腰掛けているフェリクスは風呂上がりらしく髪は落ち着いていて、普段より少し幼く見える。服装も簡素なもので、普段見る姿とは全く違う。

(それにしても、殺風景すぎる部屋ね)

白と金を基調としているものの、皇帝の寝室とは思えないくらい物は少なく、家具もシンプルなものばかり。

贅沢には一切、興味がないことが窺える。

そこはなんだかフェリクスらしいと、小さく笑みがこぼれた。

「おかけください」

「はい」

勧められたソファに腰を下ろすと、フェリクスは自らお茶を淹れようとしてくれる。流石に彼に淹れてもらうのは申し訳なく、私がやると申し出た。

部屋には多くの茶葉が揃えられていて、昔と変わらずフェリクスは紅茶が好きなのだということがわかる。

（すっかり変わってしまったと思っていたけど、変わっていないところもあるんだわ）

「オレンジフラワーでもいいですか？」

「……はい、お願いします」

この茶葉は寝付きが悪かった小さなフェリクスに、いつも淹れてあげていたものだった。

返事に少し間があり、もしかすると気分じゃなかったのかもしれない。それでも今更やめますと言うのも面倒になり、そのまま進めていく。

オレンジフラワーは甘い花のとても良い香りがするものの、味は薄めで苦味もあるため、他のハーブをブレンドして調節する。

（なんだか懐かしいわ。そもそも王国じゃお茶なんて飲ませてもらえなかったし）

そうして二人分のお茶を淹れ、ティーカップをひとつフェリクスの前に置く。

自分のカップを手に取ると、ふわりと良い香りがして、ほっとした。

（美味しい。久しぶりだったけど、ばっちりだわ）

一方、フェリクスは少しの間カップを見つめていたものの、やがて静かに口をつける。

「――どうして」

「えっ？」

するとフェリクスは何故か、ひどく驚いたような、困惑したような様子を見せた。

（も、もしかして美味しくなかったとか……？　フェリクスは良いものばかり飲んでいるだろうし、素人の淹れたものなんてもう口に合わないのかもしれないわ）

そう思った私は慌てて、フェリクスに声をかけた。

「ごめんなさい、捨てていただいて大丈夫なので」

「……何故そんなことを？」

「お口に合わなかったのかと思いまして」

「いえ、むしろ美味しくて驚いたんです。いくら試しても、この味にはならなかったので」

そしてようやく、フェリクスは私が淹れたお茶を恋しく思ってくれていたのだと気が付く。

どうやら懐かしい味と全く同じだったことで、驚いたらしい。

（そんなに気に入ってくれていたのなら、分量をちゃんと教えておけばよかったわ）

お茶ひとつで正体がバレることもないだろう。嬉しくなり、心が温かくなるのを感じた。

「それは良かったです。もしよければ、後で分量と淹れ方をまとめておきますね」

「ありがとう」

そう告げれば、フェリクスはどこかほっとしたように微笑んだ。再会してから初めて見る、彼の本当の笑顔のような気がする。

「……今夜はよく、眠れそうです」

多忙な日々を送るフェリクスの、少しでも心が落ち着けるきっかけになったなら嬉しい。

やがてフェリクスはティーカップをソーサーへ静かに置くと、私へ視線を向けた。

「この国の『呪い』については学べましたか？」

「はい。ルフィノが丁寧に教えてくれたので」

ルフィノの教え方は分かりやすく、お蔭で恥をかくこともなさそうだ。

そう答えると、何故かフェリクスの瞳には困惑の色が浮かんだ。

「彼がそう呼ぶように言ったんですか？」

「？　はい。そうですが」

「…………」

何か考え込むような様子に、私も首を傾げる。

「……ルフィノ様がそう呼ぶよう許可されることなど滅多にないので、少し驚きました」

「えっ？」

それならどうして私は許されたのだろう。私が一応は「聖女」だからなのだろうか。

「帝国の呪いについて、どう思いましたか？」

「……これ以上、痛ましい被害を出してはなりません。必ず全ての呪いを解いてみせます」

（もう、誰にも何も失ってほしくはない）

すると私の言葉に、フェリクスは目を瞬く。その反応を見た私は、はっと我に返った。

「あ、あの、私が解くとかそういう話ではなく、何かお手伝いができたらと思いまして……」

（何の力もないのに、偉そうに大それたことを言ってしまったわ。は、恥ずかしい……！）

恥ずかしくなり頬を両手で覆っていると、フェリクスが少しだけ笑ったのが分かった。

「ありがとうございます」

「い、いえ」

まだ顔が熱を帯びているのを感じながらも、この流れで例のお願いごとをすることにした。

「ルフィノと共に赤の洞窟へ行って良いでしょうか？　実際に呪いを見て、調べてみたくて」

「………………」

口を閉ざし私を見つめるフェリクスは、お前に何ができるんだ、と思っているに違いない。

それでも絶対に行くという気持ちを込めて見つめ返せば、やがて頷いてくれた。

「分かりました。ただし周りからはあなたが聖女だと悟られないよう、姿を変えてください」

聖女が呪われた地に出向いたものの、何の成果も得られなかったと民達に広まっては、困るからだろう。

「はい。必ずそうしますね」

「それと、俺も一緒に行きます」

「……えっ？」

予想外の展開に、今度は私が目を瞬く番だった。

間違いなくフェリクスは多忙なはずなのに、一体どうして。

「日程はこちらで決めても？」

「は、はい」

フェリクスの様子に変わりはないし、元々視察に行くつもりだったのかもしれない。

とにかく二人が一緒だなんて、心強いことこの上ない。

「……そして、昼間の話の続きですが」

ほっとしていると、フェリクスは本題を切り出した。

「バイロンから大体の話は聞きました。お気遣いいただき、ありがとうございます」

どう聞いたんだろうと気になりつつ、本人に直接話すのは少しだけ気まずさもあったため、内心バイロンに感謝した。

「ですが俺はこの先、あなた以外を娶《めと》るつもりはありません。後継者は血縁者から選びます」

「……どうして、ですか？」

何故、そう言い切れるのだろう。

けれど真剣な瞳からは、その意志が絶対に揺るがないことが伝わってくる。

「愛する人がいるんです」

そしてフェリクスは一息吐き、はっきりそう言った。

「俺は一生、彼女だけを想って生きていくつもりです。他の誰かに心が動くことなど、絶対にありません」

やはりフェリクスには、心を決めた相手がいたのだ。

その表情や声音から、どれほどその女性が大切で、愛しく思っているのかが伝わってくる。

「それなら、その方を私の代わりに――」

「……彼女はもう、この世にはいませんから」

そう告げられた瞬間、私は息を呑んだ。

自嘲するような笑みを浮かべたフェリクスは、やがて目を伏せる。

（そんな……せっかく愛する人ができたというのに、失ってしまったなんて……）

両親からも見捨てられ、師を目の前で失い、血の滲むような努力を重ね、皇帝の座についたというのに。

ようやく出会えた愛する女性さえも失ってしまうなんて、どれほど神はフェリクスに試練を与えるのだろうか。泣きたくなるくらい、胸が痛む。

そんな中、フェリクスはまるで祈るようにネックレスを握りしめた。

手を離した瞬間、シャツの隙間から見えたその真っ赤な宝石に、私は再び息を呑んだ。

（あのネックレス、見覚えがある）

少し形が歪んでしまっているものの、エルセ《私》が最期まで着けていたものによく似ている。私の視線に気が付いたらしいフェリクスは「ああ」と頷いた。

「このネックレスも、彼女が着けていたものなんです」

「……え」

それなら私の勘違いだろうと思ったものの、妙な胸騒ぎを覚えてしまう。亡くなった想い人のことを色々と聞くなんて、よくないことだとは分かっている。

それでも、聞かずにはいられなかった。

「どんな方、だったんですか」

フェリクスは見たことがないくらい、穏やかで愛しげなまなざしをネックレスへと向ける。

「彼女は俺の師であり――我が国の大聖女でした」

そう告げられた瞬間、私は息をするのも忘れ、石像のように固まった。

（いやそれ、私なんですけど）

あまりの驚きで、言葉ひとつ出てこない。

（ま、待って、フェリクスってエルセ《私》のことが好きだったの……？　嘘でしょう？）

生前の私は二十二歳、フェリクスはたった十歳だったのだ。

そんなこと、想像すらしていなかった。

（ティアナと距離を置くための、体《てい》のいい嘘――ってことはなさそうだし……）

いくら変わった部分があったとしても、フェリクスはこんな嘘を吐く人間ではないはず。

何より彼の態度から、その気持ちが本物であることが窺えた。

だからこそ、余計に戸惑いを隠せなくなる。

（しかも、最低でも十七年以上ってこと？）

そうなると私のボロボロのロッドがあんな場所に飾られていたことにも、納得がいく。

数年に一度思い出してくれるどころか、フェリクスは私が思っている以上に私のことを慕ってくれているのかもしれない。

「ですから、あなたとも引き続きこの関係を保っていけたら嬉しいです」

その一方で、ティアナとは「これ以上親しくなるつもりはない」と言っているのだ。

親しくもない私に想い人がいること、そしてそれが前大聖女だと話したのは、お前なんて好きにならないと、はっきり線引きをするためだったのかもしれない。

「……ティアナ？」

「は、はい！　そ、そうなんですね……」

（あんな質問、しなければよかったわ……間違いなく知らない方がよかった）

フェリクスだって、こんな形で私に知られるなんて望んでいなかったはず。余計な気遣いをしてしまったと、私は内心頭を抱えていた。

とはいえ、驚いたもののフェリクスの気持ちはすごく嬉しい。今でも自分を大切に想ってくれている人がいるというのは、救われた気持ちになる。

（でも死んだ人間をいつまでも想うより、生きている人間に目を向けるべきだわ）

エルセ・リースはもう、フェリクスに何もしてあげられないのだ。エルセに固執せず、側で彼を支えてくれるような相手を見つけた方がいい。

それに、彼はまだ幼かった。憧れや尊敬、恩義を恋情と勘違いしている可能性だってある。

（とにかく絶対に、正体がバレないようにしないと）

「そ、それでは、そろそろ失礼します」

「はい。また明日」

未だ動揺している私はフェリクスの部屋を後にし、自室へと戻るとベッドに倒れ込んだ。

（び、びっくりした……）

『愛する人がいるんです』

『俺は一生、彼女だけを想って生きていくつもりです。他の誰かに心が動くことなど、絶対にありません』

先ほどのフェリクスの声が、表情が、頭から離れない。

（でも、エルセと今の私は別人だもの。お互いのためにも忘れるべきだわ）

そうは思っても、やはり落ち着かない気持ちになってしまう。

布団を被ったものの、なかなか寝付けそうにない。

（告白なんて――告白と言っていいのか分からないけど初めてだったから……初めて？）

そんな中ふと、過去の一場面が脳裏に蘇る。

『僕ですか？　僕が好きなのはエルセですよ』

『私もルフィノが好きだけど、そうじゃなくて――』

『いえ、合っています。僕は女性として、あなたのことが好きですから』

（そうだわ、私、ルフィノに告白されて……翌日に死んでしまったから、すっかり忘れてた）

今はもう関係ない過去のことだというのに、今更になって動揺してしまう。今世と前世を合わせても恋愛経験ゼロの私は、ただ戸惑うことしかできない。

（私、なんて返事をしたんだっけ……うーん……）

二人が好いてくれていたのはエルセであって、今の私ではない。そう、分かっているのに。

結局、色々と考えては落ち着かなくなってしまい、寝付けたのは朝方だった。


リーヴィス帝国に来てから、五日が経った。

あれからも私は身に余るほどの待遇を受けており、それはもう快適に過ごしている。

フェリクスとの関係も変わらずで、顔を合わせては他愛《たわい》のない話をするだけ。私も数日はソワソワしてしまったものの、今では普通に接することができていた。

フェリクスやルフィノと赤の洞窟に行くのは、二週間後の予定だ。私は時間を見つけては、帝国の『呪い』について学ぶ日々を送っている。

(それにしても、多忙な二人が空いている日が限られているせいで、とんでもないスケジュールになったわ)

結果、舞踏会、洞窟の調査、結婚式という大きなイベントが一週間おきにあるという、恐ろしい日程になってしまっている。

この身体はひ弱なため、体調を整えておかなければ。

「ティアナ様、完璧ですわ！　もう教えることなど何もないくらいです」

「よかったわ。ありがとう」

今日も午前中から帝国マナーのレッスンを受けていたけれど、何の問題もなく、ほっとする。

「ティアナ様、流石ですね！　きっと国中の人々がティアナ様のお姿に見惚れると思います」

「ありがとう。少し緊張するけれど、頑張らないと」

やはり「次期皇妃」として見られると思うと、流石に緊張してしまう。この立場を狙う令嬢は数多くいるだろうし、粗探しをされるのは分かりきっている。

レッスン用のホールを出てマリエルと庭園を通り、気分転換に遠回りをして自室へ向かっていた時だった。

「とにかく急いで運び込め！　ポーションの在庫もありったけ持ってくるんだ！」

「人手が足りない！　水も汲んできてくれ！」

緊迫した声が聞こえてきて、足を止める。王城の敷地内にある、騎士団本部の方から聞こえてきていた。

何があったのだろうと不安に思っていると、血塗《ちまみ》れの騎士を担いだ一人の騎士と目が合う。

「聖女様！　どうかお助けください……！」

彼は王国から帝国へ向かう途中、同行してくれていた騎士の一人だった。彼が「聖女」と叫んだことで、辺りにいた人々から一斉に縋るような視線を向けられる。

周りを見渡せば、次々と大怪我をした騎士達が運ばれてきていた。

（不安や問題は色々とあるけれど、悩んでいる暇なんてない）

私の魔力量に限界があることだって、バレてしまう可能性がある。けれど保身のために誰かが命を落とすことになっては、私は絶対に一生後悔する。

（もう、あんな想いはしたくないもの）

これまで失われてしまったものを想うと、余計にその気持ちは強くなっていく。とにかく今はできる限りのことをして、後から考えるしかない。

私は慌てて駆け寄ると、傷が酷い人々から順に治癒魔法をかけていく。

都市部に高ランクの魔物が現れ、緊急の討伐に出ていたのだという。

（都市部にも魔物が出るなんて……呪いの影響かしら）

準備も不十分だったせいで、これほどの被害が出てしまったのだろう。これまでもこうして多くの命が失われてきたことを思うと、胸が張り裂けそうになる。

「……っ」

（なんて遅いの……魔力の減りも早すぎる）

あまりの治癒スピードの遅さに、苛立ちと焦燥感が募っていく。

まだ怪我人はおり、ポーションだけではどうにもならない傷もあった。

（魔力が足りない……！　このままだと、もう……）

きっともうすぐ、魔力は切れてしまう。やはり少しだけ増えたところで、限界があった。

それでも諦めたくなくて、何か方法はないかと必死に頭を働かせる。

そして少しの後、私はふと思い出した。

（そうだわ！　ロッド！）

「少しだけ待っていて！　すぐに戻ってくるから！」

「ティアナ様⁉」

（何かあった時のために、エルセ《私》はロッドに魔力を溜め込んでいたもの！　あれがあれば、もしかしたら――）

今の私が、あのロッドを使えるとは限らない。それでも可能性があるなら、賭けてみるべきだと思ったのだ。

私はすぐに立ち上がると、まっすぐにフェリクスの執務室へと走り出した。


「すみません、失礼……っしま、す……！」

「は⁉　何ですか、いきなり！」

ノックのみで返事を待たず不躾《ぶしつけ》に執務室へと入った私に対し、バイロンは顔を真っ赤にして怒っている。

フェリクスも驚いたようで、アイスブルーの切れ長の瞳を見開き、私を見つめていた。

「……っ……はあ……あの、……ロッドを……」

体力が全くなさすぎて、少し走っただけでも息が切れてしまう。必死に息を整えた私はまっすぐフェリクスの机へ向かい、ロッドを握りしめた。

「一体、何の真似ですか」

その瞬間、フェリクスはすぐに反応し、いつもより冷えた声でそう尋ねてくる。

想い人の遺品を持ち出そうとしているのだから、当然の反応だろう。

「このロッドを、お借りしたいんです！　どうしても今、必要なんです……多くの人の命が、かかっているので」

「――何があったんですか？」

私の必死な姿に、フェリクスも何かあったのだと悟ったらしい。

後に報告がされるとしても、すぐに皇帝の耳に入ることはない。知らないのも当然だろう。

「後で、きちんと、説明します……！」

とにかく今は、一分一秒が惜しい。

私はごめんなさいと告げると、そのまま執務室を飛び出した。

（なるべく力を隠すなんて言っていたけど、そんなの私らしくない。その時にできることを全力でやって、一人でも多く目の前の命を救うべきだわ）

肺の痛みを感じながらも休まずに走り続け、騎士達のもとへと向かっていく。

「ティアナ様！　そちらのロッドは……？」

怪我人の手当ての手伝いをしていたマリエルは、困惑した表情で私とロッドとを見比べた。

執務室に足を踏み入れたことがある者は皆、このロッドを目にしたことがあるはず。

そしてそれが前大聖女のものであること、フェリクスが大切にしていることも分かっているからだろう。

私は怪我人の前に跪くと、ロッドを握りしめた。

（……久しぶりね。あなたまでこんなにボロボロにしてしまって、本当にごめんなさい）

傷だらけのロッドに反応はなく、魔力も感じない。

それでも私は諦めず、ロッドに呼びかけ続けた。

（不甲斐のない私だけど、目の前の人達を救いたいの）

（都合の良いお願いばかりをして、本当にごめんね）


（どうかもう一度だけ、力を貸して――――！）


そう強く念じた瞬間、ロッドが眩《まばゆ》く輝き出す。

同時に体内に、懐かしい魔力が流れ込んでくる。

ロッドが私に応えてくれたのだと思うと、視界がぼやけた。

（……私、こんなに綺麗で優しい魔力をしていたのね）

温かな美しい光に包まれ、胸がいっぱいになる。何でも失ってから気付く、とはよく言ったものだと思う。

ロッドに入っていた分の魔力によって、ティアナの本来の魔力の半分ほどが満たされたのを感じた。

（これだけあれば、絶対に大丈夫だわ。ありがとう、絶対にみんな救ってみせるから）

ロッドにそっとお礼を言うと、それからはひたすら治療を続けた。

――本来、何かに魔力を溜め込むことはできない。それができたのは、エルセ《私》の魔力が特殊だったからだ。

もちろん限りがあり今回の分でもう二度と、ロッドからの魔力補給はできない。

（それでも過去の私と、大切に保存しておいてくれたフェリクスに感謝しないと）

一時間ほど経っただろうか。

最も軽症だった騎士の怪我を治し終えた私は、安堵の溜め息を吐いた。騎士達に丁寧にお礼を言われ、笑顔を返す。

（ほ、本当に、良かった……）

無事に全員救えたことで、肩の力が抜けていく。

（けれど今回は、ロッドのお蔭で乗り切れただけだもの）

次に同じことがあった場合、私は何もできないと思うと己の無力さが、ひどく怖くなった。

「――っ」

そんな中、握りしめていたロッドは音もなく静かに崩れ始め、灰になっていく。

きっともう、限界だったのだろう。もしかすると込めた魔力で形を保てていただけで、私が死んだあの日にはもう、寿命を迎えていたのかもしれない。

「……ごめんね。今までたくさん、ありがとう」

このロッドはエルセ《私》が十二歳の頃、神殿に入る際、亡き両親にプレゼントしてもらったものだ。

辛い時も嬉しい時もいつだって、側にいてくれた大切な相棒だった。

（長い間、本当にお疲れ様）

中心部の赤い宝石だけを残し、ロッドは完全に姿を失った。

目頭が熱くなるのを感じながら、唇を噛む。

そっと地面に落ちた宝石を手に取り、抱き締める。そしてもう一度お礼を告げた途端、視界に影が差す。

顔を上げると、そこにはフェリクスの姿があった。

一瞬にして涙は引っ込み、代わりに冷や汗が出てくる。

「い、一体いつから、ここに……？」

「あなたがここに着いて、すぐです」

思いきり、最初からだ。

全部見られていた上に、私はとんでもなくやらかしてしまったことに気が付く。

（はっ……借りると言って勝手に持ってきたロッド、完全に無くなってしまったわ……！）

仕方ないとはいえ、フェリクスからすればショックに違いない。

怒られて当然だろうと、頭を下げる。

「大変申し訳ありません、私——」

「顔を上げてください。謝る必要はありません」

「えっ？」

「あのロッドは俺のものではありませんから。……それに彼女も、きっとこうすることを望んだはずです」

フェリクスの言葉に、胸が締め付けられた。

やはり一番大事な部分は何も変わっていないのだと、確信する。

「騎士達を救ってくださり、ありがとうございます」

地面に座り込んでいた私に、フェリクスは手を差し出してくれる。

その手をそっと取れば腕を引かれ、いとも簡単に立ち上がらされた。

（なんというか、本当に大人の男の人みたい）

昔はすぐに転んではよく泣いていたフェリクスを、私が抱き上げて歩いていたのに。

不思議な感覚を抱いてしまいながら、口を開く。

「フェリクス様、ありがとうござ――」

「ですが、ロッドを持って行った理由や今の出来事について、詳しく話を聞いても？」

「ハイ……」

ほっとしたのも束の間、フェリクスの笑顔の圧に押し潰されそうになりつつ、私は小さく頷いたのだった。

先日と同じくフェリクスの寝室のソファにて、私達は向かい合って座っていた。

テーブルには私の動揺が落ち着くよう、そしてフェリクスが穏やかな気持ちになってくれるよう祈りながら淹れた、オレンジフラワーのお茶が置かれている。

「…………」

「…………」

(ど、どうして何も尋ねてこないの？　逆に怖いわ)

じっと何かを考え込むような様子で、フェリクスは黙ったまま。

落ち着かなくなった私は、先に口を開いた。

「勝手なことをしてごめんなさい。ご存じかとは思いますが、私は魔力が多くありません」

「はい」

「そんな中、あの状況に出くわして治癒魔法を使ったものの、すぐに魔力は切れてしまい……絶望しながらも、私は状況を打開する方法を考えました」

ここまでは全て本当だ。

嘘を吐くコツは真実を交ぜることだと言うし、しっかり事実も話していく。

「そして思いついたのが、あのロッドでした。ロッドに溜められているという魔力を使えないかと思ったんです」

「なぜロッドに魔力が込められていると、あなたが知っていたんですか？　俺ですら知らなかったというのに」

「それは……シルヴィア様にお聞きしたんです」

「――シルヴィアに？」

もちろん嘘だけれど、私はこくりと頷く。

「正確には、他の聖女と話しているのを聞きました。大聖女様は何かあった時のために、魔力を溜めていたと」

（フェリクスに嘘を吐くのは忍びないけれど……こればかりは本当のことなんて、言えるはずがないもの）

エルセは生前、シルヴィアと本当に仲が良かった。

同じ聖女の立場だったし、フェリクスが知らないことを知っていたっておかしくはない。

（それに王国と帝国の関係を考えれば、今や二人は絶対に接点がないもの。バレやしないわ）

「私がその魔力を使えるかどうかは、賭けでしたけど」

ここに来るまで、必死に考えた言い訳を並べ立てる。

（そう言えば、シルヴィアってどうしてファロン王国へ行ったのかしら？　十五年前には既に王国にいたけれど）

彼女にとっての母国である帝国に対し、あんな扱いをするのも実は不思議だった。

性根が腐ってしまったシルヴィアの気持ちなんて分かるはずもないし、分かりたくもないのだけれど。

「……そうですか。ですが聖女のロッドというのは、本人以外は使えないと思っていました」

「え、ええと……大聖女様のものですから、やはり特別だったんではないでしょうか？　誰かを救いたいという気持ちが届いたのかな、なんて……」

苦しい言い訳だったものの、他の理由や証拠なんて見つかるはずもない。フェリクスは明らかに納得していなかったけれど、それ以上尋ねてくることはなかった。

空気を変えようと、別の話題を振ることにする。

「あと、ひとつだけお願いがあります」

「何でしょう？」

「また怪我人が出たら呼んでください。魔力量に限りはありますが、少しは治せますから」

今の私でも、自然治癒よりはマシなはず。そう告げると、フェリクスは目を見開いた。

けれどすぐに、ふっと口元を小さく緩める。

「分かりました。ありがとうございます」

「いいえ」

「その代わりと言ってはなんですが、何か望むものがあればいつでも俺に言ってください」

「ええ、ぜひそうさせていただきますね」

なんだかんだ、私のこの国での立場はあってないようなものなのだ。

非常時のため、遠慮はしないでおく。

「……ご、ごめんなさい、ちょっと体力の限界なので、そろそろ部屋へ戻って休みます」

「はい。ゆっくり休んでください」

実は話の途中から視界がぐわんぐわんと揺れており、もう限界だった。走り回った上に、治癒魔法をあんなにも使ったのだから、当然だろう。

十五年以上かけて培ってしまったひ弱な身体が健康になるまで、やはりまだまだ時間がかかりそうだった。

「……っ」

「ティアナ？　大丈夫ですか？」

立ち上がると同時に立ちくらみがして、倒れかけた私をすぐにフェリクスが支えてくれる。

そしてそのまま、彼にふわりと抱き上げられた。

「酷い熱です。ひとまず部屋まで運びますね」

「……ごめんなさい」

「いえ」

ずっとクラクラするとは思っていたけれど、まさか熱まで出ていたなんて。皇帝のフェリクスに運んでもらうなんて申し訳ないけれど、もう歩ける気さえしない。

大人しく身を任せ、目を閉じる。

「すぐに医者を呼びますから」

意識が朦朧《もうろう》としてきて、目を開けていることすら辛くなってくる。もっと身体を鍛えるべきだと反省した。

（ああ、そうだ。これだけはフェリクスに渡さないと）

自室のベッドにそっと降ろしてもらった後、私は最後の力を振り絞り、宝石を差し出した。

「この宝石を、俺に？」

「はい。きっと大聖女様も、あなたに持っていてもらいたいと、思っているはずなので」

こればかりは私自身の、正直な気持ちだった。

ロッドについていた赤い宝石を受け取ってくれたフェリクスは、切なげな視線を手のひらの中へ向ける。

「……ありがとうございます。一生、大切にします」

（良かった。あ、本当にもう、限界だわ……）

まるで宝物のように宝石を握りしめたフェリクスの姿を最後に、私は意識を失った。


医者を呼んだところ、ティアナは無理をしすぎたのだろうとのことだった。驚くほど痩せており、長年十分な栄養をとっていないのは明らかだという。

後は侍女達に任せ、執務室へ戻った。常に視界に入っていたロッドが無くなったことで、まるで別の空間になったような気さえしてくる。

（だが、これで良かった）

壊れかけた彼女のロッドまで飾り続けるなど、どうかしているという自覚はあった。

——それでも、彼女に関するものを側に置いていないと、記憶が薄れていく気がして怖かったのだ。

時の流れというのは残酷で、どれほど忘れたくないと思っていても、少しずつ俺からエルセを奪っていく。

（……綺麗だな）

先ほどティアナから渡されたばかりの、ロッドについていた宝石を取り出し、見つめる。

その眩しいほど鮮やかな赤は、エルセの美しい赤髪を連想させた。

「ティアナ・エヴァレット、か」

彼女は一体、何者なんだろう。王国の人間であり、何かを隠していることも分かっている。

それでも、彼女がこの国の敵だとは思えなかった。

最初は『呪い』について調べ始めた時も、この国のためと見せかけた、保身のための行動だと考えていた。

だが、ルフィノ様の言葉や先ほどの様子を見るに、本当にこの国のために動いているとしか思えないのだ。

（……何よりティアナといると、調子が狂う）

彼女はいつか俺が他人との間に引いている境界線を超えてきそうで、絶対にそんなことがあってはならないと自身にきつく言い聞かせる。

ティアナが気を失う前、意識が朦朧としている中で呟いた言葉も、頭から離れなかった。

『……約束、まもれなくて、ごめんね』

（あれは一体、どういう意味だったんだ？）

熱のせいで判断力が鈍り、他の誰かと間違えているのだろう。彼女と約束など交わしたことはないのだから。

そう分かっているのに、その後しばらく妙な胸騒ぎが収まることはなかった。


「おはようございます、フェリクス様」

「はい。一緒に食事をとるのも久しぶりですね」

五日も高熱が出て寝込んでしまったものの、ようやく体調も回復し、現在は元気にフェリクスと朝食をとっている。

私が寝込んでいる間、彼はお見舞いの品をそれはもう大袈裟なほど贈ってくれ、メイド達は「愛されている」「大切にされている」などと言って、はしゃいでいた。

（さすがフェリクス、こんな機会も無駄にしないなんて抜け目がないわ。私も円満アピールを頑張らないと）

「今日はどう過ごされる予定ですか？」

「のんびり散歩や調べ物をして過ごすつもりです」

「舞踏会も近いので、無理はなさらずに」

「はい。気をつけます」

そう、私がすっかり寝込んでいる間に舞踏会まであと三日となっていた。

寝込みつつベッドの中で必死に出席者リストなどを頭の中に叩き込んでおいたため、何とかなると思いたい。

(フェリクスの人気はメイド達からも散々聞いたもの、間違いなく戦場になるでしょうし)

皇帝であり眉目秀麗で魔法も剣も修め、物腰は柔らかく、人当たりだって良いのだ。

フェリクスを慕う女性が山ほどいるというのも、納得だった。

(それでいてエルセを好きだなんて、物好きすぎるわ)

次期皇妃として聖女として、舐められるわけにはいかない。万全の状態で臨まねば。

朝食を終えマリエルと共に図書館へ向かっていると、向かいから見覚えのある金色がやってくるのが見えた。

「バイロン、おはよう」

「おはようございます、聖女様」

あの日以来、バイロンの態度もほんの少しだけ軟化していた。城内どころか国中に騎士達を救ったという話が広まっているらしく、私の株は上がりっぱなしらしい。

もちろんそれを狙ったわけではないけれど、聖女の存在によって民達が少しでも安心できたなら嬉しい。

その後、私は図書館にて魔力の増減について調べたものの、やはり参考になる本は見つからなかった。

「私の魔力、どこ行っちゃったのかしら……」

ロッドから吸収した魔力も使い切ってしまい、寝込んでいる間に回復したのは、やはり15％くらいだった。

まるでぴったりと蓋《ふた》をされてしまっているような、そんな感覚がするのだ。

「……はあ」

「溜め息なんて吐いて、どうかされたんですか？」

そんな声に顔を上げれば、そこには本を片手に私を見下ろすルフィノの姿があった。

彼と会うのは、魔法塔に行った時以来だ。例の告白を思い出し、一瞬どきりとしてしまったものの、慌てて笑顔を作った。

（そうだわ、ルフィノは口が堅いし物知りだから、彼に聞くのが良いかもしれない）

「ねえ、魔力が減る現象について何か知ってる？」

「魔力が減る、ですか」

ルフィノは「ふむ」と顎《あご》に手を当て、しばらく考え込む様子を見せた後、口を開いた。

「人間の魔力を吸い取る魔物、というのは聞いたことがあります。必要なら、文献を探しておきますよ」

「そんな魔物が？　ええ、お願い」

やはりルフィノは頼りになると思いながら、私は席を立った。

これ以上、私が調べても無意味だろう。

「舞踏会では、良ければ僕とも踊ってくださいね」

「もちろん。踊りだけは得意なの」

「それは楽しみです」

また連絡するというルフィノと別れ、その後は体力作りとして、王城内を散歩し続けた。


そして三日後。

ドレスや化粧で完全武装した私は自身のお披露目の場である、舞踏会に参加していた。

大きなシャンデリアに照らされた王城内の大広間は、きらびやかな衣装に身を包んだ人々で賑わっている。

「ティアナ、大丈夫ですか」

「ええ。ありがとうございます」

「それは良かった」

隣に立つフェリクスが笑みを作ったことで、背後からは令嬢達の黄色い声が上がった。

（ティアナとしては初めての社交の場だけれど、身体が覚えてくれていて助かったわ）

もしも前世の記憶がなければ、学もなく何の教育も受けていない私は、社交の場に出ることなど到底無理だったはず。歩くだけでも恥をかいていただろう。

「まあ、あちらが聖女様？　なんてお美しいの……！」

「まるで女神のようね。陛下とよくお似合いだわ」

マリエルやメイド達が磨き上げてくれたお蔭で、私の印象も良さげで安堵する。

フェリクスが贈ってくれた帝国一のデザイナーによるブルーのドレスは、初めて見た時、思わず息を呑んでしまうくらい綺麗だった。

彼の瞳の色に合わせているあたり、今日も円満アピールは完璧で、感服してしまう。

（それにしても、フェリクスの眩しいこと）

紺と金を基調とした正装に華やかな飾りを纏ったフェリクスは、信じられないほどの美しさだった。

「とても美しいです、ティアナ」

「ほ、ほほ……あなたこそ」

次々と招待客が挨拶にくる中、フェリクスは隙あらば甘い雰囲気を出している。

軽く腰を抱かれ、耳元でそう言われてしまっては、流石の私も落ち着かなくなってしまう。

「大変仲睦まじいようで、何よりです」

「ええ、これで帝国の未来も安泰ですな」

私達の仲の良さは大事だと思いつつ、一部の令嬢からは刺すような視線を向けられていた。

（突然現れた他国の女が、皇妃の座をかっさらっていくんですもの。当然だわ）

そんな中、フェリクスは大臣達と話があるようで、私は一人で大丈夫だと笑顔を向けた。

「何かあれば、すぐに呼んでください」

「ええ。私も友人が欲しいですし、大丈夫ですよ」

一人になった途端、すぐに人が集まってくる。次期皇妃に媚《こび》を売っておきたいという、分かりやすい者が大半ではあるものの、今はとにかく交流を広げておきたい。

いくつかの派閥らしき集まりをはしごしては、様々な情報を仕入れていく。どうやら現在の帝国の若い女性達の間では、唯一の公女が社交界の中心人物らしい。

（今日はまだ来ていないのかしら。確か招待客リストに名前があったはずだけど……）

ぜひ挨拶をしたいと思っていると、不意に声を掛けられて振り返る。

そこには、数人の令嬢の姿があった。

「お目にかかれて嬉しいですわ」

「ええ、聖女様なんて本でしか見たことがないもの」

最初からなんだか雲行きが怪しいと思いながら、笑顔で適当な相槌を打つ。そんな中、彼女達が先ほど棘のある視線を向けてきていた令嬢であることに気が付いた。

それでも会話は帝国の女性達の流行りなど勉強になるものばかりで、大人しく耳を傾けていたのだけれど。

「それでね、この間の夜会で――」

「まあ、羨ましいわ！　実は私も先日――」

きゃっきゃと若い女性らしく楽しげに会話していた彼女達はやがて、黙り込んでいた私へ視線を向ける。

「ごめんなさい、私達ばかりお話してしまって……」

「もしかして聖女様はご存じない話だったかしら」

「それはそうよ。ファロン王国の方ですもの」

「………」

その口元には、はっきりと嘲笑が浮かんでいた。

（ああ、始まったわね）

彼女達は私を他国の人間だと除《の》け者にしつつ、遠回しに帝国の貴族女性なら知っていて当然のことを知らないなんて、と馬鹿にしているのだ。

（まるで子どもの虐めじゃない、可愛らしいわ）

とはいえ、彼女達よりは精神年齢も上で、今世では人生の大半を虐げられ、前世では様々な修羅場をくぐってきた私からすれば可愛いものだった。

私は笑みを浮かべると、一番敵意を含む眼差しを向けてきていた令嬢の手をきゅっと握る。

「いえ、皆さんのお話を聞くのが楽しくて、ついつい黙ってしまいました。ごめんなさい」

「は？　そ、そうですか……」

「茶葉の話でしたよね？　皆さんとてもお詳しいのね。前皇妃様がお好きだった――……」

「えっ？」

「それに、魔水晶についてはアリアネ商会が――……」

流行は二十年単位で繰り返されると言うし、彼女達の話を聞いていた限り、私がよく知ることも多かった。

そうして全くの無知ではないことを伝えれば、彼女達は驚いた様子で目を瞬く。

「よ、よくご存じですのね……」

「いいえ、まだまだです。ですから、これからも色々と教えてくださいね」

敵を作りたいわけではないし、舐められさえしなければいい。

そう思いながら再び笑顔を向ければ、彼女達は少しばつの悪い顔をして、頷いてくれた。

「ティアナ？　どうかしましたか」

「あら、陛下。お話は終わったんですか？」

「はい」

やがてフェリクスがやって来ると、彼女達は気まずそうな表情で、蜘蛛《くも》の子を散らすように去っていく。

「こういう場に慣れているんですね」

「いいえ、皆さんがお優しいからですよ」

記憶を取り戻していなければ、私はこの場で泣き出しでもして、舞踏会は最悪な空気になっていただろう。

「ティアナ様、こんばんは」

「ルフィノ！」

背中越しに声を掛けられ、振り返る。

そこには、真っ白な正装に身を包んだルフィノの姿があった。

（わあ……こっちも恐ろしく美しいわ……）

フェリクスの美しさも群を抜いているけれど、ルフィノは神々しさを感じる美しさだ。辺りの女性達の視線もかっさらっているようだった。

彼は私の側に来ると、耳元に口を寄せる。

「──例の件ですが、あの魔物に関する文献は全て燃やされていたそうです」

「えっ？」

驚いて顔を上げる私に、ルフィノは静かに頷く。

（一体誰が、どうしてそんなことを……）

「また何か分かり次第、お伝えしますね」

「ええ。ありがとう」

「どういたしまして。また後で」

ふわりと微笑んだルフィノはやはり立場もあり忙しいのか、すぐに去っていった。

（なんだか、妙なことばかりだわ……ん？）

色々と考え込んでいると、じっとフェリクスがこちらを見つめていることに気が付く。

「……ルフィノ様と、仲が良いんですね」

「はい。とても良くしてくださっています」

「行きましょうか」

急に手を引かれ、歩き出す。

その様子から急ぎの用事でもあるのかと思ったけれど、そうでもないらしい。

(……フェリクスの手、あんなに小さかったのに)

私の手をしっかり包むその手は、昔とは全く違う。柔らかくて小さな手は、大きな男の人の手になっていた。

温かくて、どこか落ち着く気持ちになる。

「陛下と聖女様は本当に仲がよろしいんですね。いやあお熱くて、羨ましい限りです」

その後も、繋がれたままの手に温かい視線を向けられてばかりいた。

どれほど仲の良いアピールをすれば、フェリクスの気は済むのだろうか。

(そろそろ手汗もかいてきたし……流石に……)

もう十分だろうと思い、そっと手を離そうとする。けれど一瞬離れかけた手のひらは、再びきつく掴まれた。

(えっ、なんで?)

驚きにより、心臓が大きく跳ねる。

驚いて隣に立つフェリクスを見上げたけれど、彼はこちらを見てもおらず、変わらない様子のまま目の前の貴族男性と話し続けていた。

（な、何なの……演技派にもほどがあるわ）

やはり落ち着かなくなり、早くこの集いが終わることを祈りながら笑みを浮かべていると、前方から一組の男女がやってくるのが見えた。

（あら、懐かしい顔だこと）

二人はフェリクスに挨拶をし、次に私に向き直る。

「初めまして、聖女様。ロブ・シューリスと申します」

「ええ。侯爵様にお会いできて嬉しいですわ」

「おや、私をご存じでしたか。流石ですね」

彼のことは、前世でもよく知っていた。帝国でシューリス侯爵家といえば、かなり力のある家門だ。挨拶や話をしたことだって、何度もあった。

（ただ、何を考えているか全く読めないのよね）

「こちらが娘のザラです」

「聖女様、お初にお目にかかります」

侯爵に紹介され、綺麗なカーテシーをしてみせた彼女は顔を上げる。

その顔を見た途端、私は息を呑んだ。

（まあ、すごい美人。顔なんて拳くらいしかないわ）

全てのパーツが整っており、小さな顔の中で完璧な位置に並んでいた。

精巧な人形のような彼女の、ゆるくウェーブがかった栗色の髪がふわりと揺れる。

「ええ、初めまして。ティアナ・エヴァレットです」

「それにしても、聖女様がこんなに美しい方だとは思いませんでした。陛下が大切にされるのも納得ですな」

そう言って笑った侯爵は、フェリクスに少し込み入った話があるという。

お蔭でようやく手が離され、ほっとしながら移動する二人を見送っていると、ザラ様に名前を呼ばれた。

「よろしければ、私とお話をしませんか?」

「もちろん。嬉しいです」

美人は声まで美しいのかと感心しつつ、給仕が運んできたシャンパングラスを受け取る。

軽く乾杯し当たり障《さわ》りのない会話をしながら、ふと彼女の名を以前どこかで聞いたことを思い出していた。

『フェリクス様の過去の婚約者候補ですか? 以前、シューリス侯爵家のザラ様とのお話があったような……』

(そうだわ、フェリクスの婚約者候補!)

家柄や容姿はもちろん、少し話すだけでも教養があるのが伝わってくるし、振る舞いの全てが美しい。

婚約者候補になるのも当然だと思いつつ、そんな彼女は私のことをどう思っているのだろうと気になった。

「私の周りも皆、聖女様が帝国へ来てくださって安心だと喜んでおりますよ」

「それなら良かったです」

ザラ様がアメジストの瞳を柔らかく細める姿は、まるで妖精のようだ。

(同性でもドキドキしちゃうくらいだわ。フェリクスは彼女に対しても、心が動くことはなかったのかしら)

そんなことを考える私に、ザラ様は続けた。

「けれど私、知っているんです」

「何をかしら?」

彼女はにっこりと微笑むと、私の耳元に口を寄せる。

「──ティアナ様が『空っぽ聖女』だということを」

その瞬間、私達の周りの空気が一気に冷えていくのが分かった。

(何故、彼女がそんなことを知っているのかしら)

まさかザラ様は──シューリス侯爵家は、ファロン神殿の人間と繋がりがあるのだろうか。

元々、王国と帝国は不仲ではなかった。侯爵家ともなれば代々付き合いがあったとしても、おかしくはない。

(フェリクスが話したとは思えないし……私に誰よりも敵意があるのは、彼女みたいね)

先ほどの令嬢達とは違い厄介そうな相手だと思いながらも、私は変わらず笑顔を向けた。

「そんな根も葉もない噂話が、ザラ様のもとにまで届いていたなんて……お恥ずかしいわ」

「根も葉もない、ですか」

その嘲笑《あざわら》うような笑顔からは、確かな筋から詳細に話を聞いたことが窺える。

「フェリクス様もお可哀想《かわいそう》に。何の力もない聖女を利用するしかないなんて」

「…………」

「お飾りの聖女ならまだしも、皇妃の立場は辞退すべきではなくて？　分不相応だわ」

もしも私が前世の記憶を思い出さず、魔力量もあのままだったとしたら、彼女がそう思うのも当然だった。

一度は皇帝の婚約者候補に上がったくらいだし、許せない、認められないという気持ちだって分かる。

それでも、それを決めるのは私でもザラ様でもなく、フェリクスなのだ。フェリクスが彼女を皇妃の座に据えなかったのは、何か理由があってのことだろう。

（それに、今の私は少しだけど魔法も使える。認識を間違えているのは彼女の方だもの、焦る必要はないわ）

わざわざ魔法を見せびらかす必要もない。

神殿の人間と繋がっている可能性があるのなら、尚更だった。

「ねえ、ザラ様。ご自身のためにも、迂闊《うかつ》なことはあまり言わない方が良いと思いますよ」

「…………」

「間違った情報を鵜呑《うの》みにして聖女を貶《けな》した、なんてことが広まれば、困るのはあなただけでなくなるもの」

侯爵のいる方へ視線を向け、心配するような顔で諭すように告げる。

彼女は元々の私の性格なんかについても、聞いていたのかもしれない。だからこそ、私が堂々とした態度でい続けることに戸惑いを覚えているようだった。

（結局、人は自分の目で見たものしか信じられないのよね）

唇をきつく噛んだまま黙り込む彼女にもう少し釘を刺しておくべきか悩んでいたところ、フェリクスと侯爵が戻ってきた。

「ティアナ、お待たせしました」

「ええ。おかえりなさい」

フェリクスに気が付くなり、ザラ様は別人のように穏やかな笑みを浮かべ、親しげな様子で話しかける。

「フェリクス様、ぜひまた晩餐会《ばんさんかい》にいらしてくださいね」

「ああ。カーターにも会いたいと思っていた」

「ふふ、お伝えしておきますわ。それでは、また」

丁寧に礼をして、二人は去っていく。

やがて人混みに紛れて姿が見えなくなると、私は小さく息を吐いた。

「フェリクス様、人気ですね。嫉妬してしまいますわ」

「……やはり気苦労をかけてしまっていますよね。申し訳ありません」

冗談のつもりで言ったのに、フェリクスは本気で申し訳なさそうな顔をするものだから、困惑してしまう。

こうなることなんて簡単に想像できるし、フェリクスだって最初から分かっていたはず。

他国の人間で役立たずの私は、風除けにも適任だっただろう。

それなのに何故そんな顔をするのか、分からない。

（フェリクスこそ、苦労してばかりのはずだもの。これくらい気にしないでほしいわ）

「いいんですよ、これが私の仕事ですから。そもそも条件が私に都合良すぎましたし」

「…………」

「あ、そんなに気にされるのなら、何か高い物でも買ってもらおうかしら？」

そう言って悪戯《いたずら》っぽく笑ってみせると、フェリクスは少しの後「いくらでも」と小さく微笑んでくれた。

やがてホールに流れる音楽が変わり、主役である私達が踊る時間がやってきたことを悟る。

「俺と踊っていただけませんか」

「もちろんです」

差し出された手を取り、ホールの中心へ向かう。

実は私が五日間も寝込んでいたことや、フェリクスが多忙なこともあり、一度も一緒に練習できていなかった。

(少し不安だったけれど、杞憂だったみたいね)

心地よい音楽に合わせステップを踏んでいくけれど、フェリクスのリードがあまりにも上手いものだから、驚くほど踊りやすかった。

ちらりと正面を見上げれば、透き通ったアイスブルーの瞳と視線が絡む。こんな至近距離で今のフェリクスの顔を見る機会なんてなかったため、また心臓が跳ねた。

(本当に、絵本に出てくる王子様みたい)

こうしてフェリクスと踊っていると、まるで自分がお姫様にでもなったような気分になる。

「……ふふ」

「どうかされましたか?」

「いいえ、楽しいなって」

——思い返せば過去に何度か、フェリクスにダンスを教えたことがあった。

フェリクスはいつまでも練習を続け、どうしてそんなに頑張るのかと聞いたことがある。

『……俺が大人になったらエルセをかっこよくリードして踊るために、上手くなりたいんだ』

『まあ、フェリクスったら本当に可愛いんだから! そんな日が来るのを楽しみにしてるわ』

(林檎《りんご》みたいに真っ赤な顔をして、本当にかわい……はっ、もしかしてあの頃から、私のことを好きだったのかしら)

そんなやりとりを思い出し、こんな形で実現するとは思わなかったと再び笑みがこぼれる。

当時のフェリクスのダンスはお世辞にも上手いとは言えなかったし、きっと練習を重ねたのだろう。

「フェリクス様、ダンスがとてもお上手ですね」

「あなたこそ。驚きました」

（私は昔から運動神経だって良かったもの。今は身体がひ弱なせいで、見る影もないけれど）

そんなことを考えながら、軽くターンをする。

すると不意に、少し離れた場所にいるルフィノと目が合った。

眩しい笑顔を向けられ、笑顔を返す。そして彼からも先日、ダンスに誘われていたことを思い出していた。

「…………」

（ルフィノも人気だろうけれど、きっとフェリクスへの誘いも尽きないでしょうね）

帝国は王国に比べて自由な面が多く、ダンスの申し込みは女性からもできるし、既婚未婚を問わない。

だからこそ、芋洗い状態で女性達に囲まれるフェリクスを想像して、笑った時だった。

「……今、何を考えていますか？」

突然そんなことを尋ねられ、内心驚く。

「ええと、フェリクス様には、ダンスの申し込みの行列ができるんじゃないかなと」

この後は私達も別の相手と踊っていいことになっているため、笑いながらそう言ったのに。

「俺は、ティアナ以外と踊るつもりはありません」

「えっ？」

ダンスだって、社交に必要なものだ。フェリクスは多忙ながらも積極的に社交界に顔を出していると聞いていたし、なんだか意外だった。

不意に私の右手を握っていたフェリクスの手に力がこもり、ぎゅっと握られる。

背中に回された手によって引き寄せられ、更に整いすぎた顔が近づいた。

予想外続きの展開に、心臓が早鐘を打つ。

「ですから、あなたもそうしてくださると嬉しいです」

そして告げられた予想外の言葉に、私は目を瞬いた。

（これも、円満アピールのためなのかしら）

むしろそれしか理由などあるはずがないのだけれど、果たしてそこまでする必要があるのだろうかと、疑問を抱く。

フェリクスは真剣な表情を浮かべたままで、縋るようなふたつの碧眼《へきがん》は、大切な記憶の中のものと重なる。

「……わ、わかりました」

そして結局、彼に甘い私は頷いてしまったのだった。

第五章✴赤の洞窟

「えっ……う、うそでしょう……？」

無事に舞踏会を終えた翌日、私は朝から衝撃的な出来事が起き、ショックを抱えたまま食堂へと向かった。

顔を合わせたフェリクスも、そんな私の様子に気が付いたようで、形の良い眉を寄せる。

「ティアナ？　どうかしましたか」

「フェ、フェリクス様、お願いがあるんです……」

「話してみてください」

開口一番にそう告げても、フェリクスは嫌な顔ひとつせず、すぐに頷いてくれる。

私は遠慮している場合ではないと、再び口を開く。

「新しいロッドを至急、用意していただきたいんです」

「……ロッド、ですか？」

「はい。朝起きたらポッキリ折れてしまっていて……」

六日後には呪われた地のひとつである、赤の洞窟に行くことになっているのに、朝起きたらロッドがぽっきりと折れてしまっていたのだ。

あの子もまた、寿命だったのだろう。後でしっかりお礼を告げ、お別れをするつもりだ。

（そもそもあのロッドはかなり古い上に、聖女見習いの子どもが使う用だったのよね）

あのシルヴィアが、私に良いロッドを用意してくれるはずなんてない。とはいえ、魔力がほぼ無かった頃は、困ることもなかった。

「分かりました。どんなものが良いですか？」

この短期間でロッドをふたつも破壊した私に、フェリクスは再びあっさり頷いてくれる。

「こだわりはありませんが、メインの魔宝石だけは自分で選べたらと思っています」

「では、宝石商もすぐに呼びますね」

「あ、ありがとうございます……！」

聖女のロッドには普通、魔宝石と呼ばれる宝石がついている。エルセのロッドについていたあの赤い宝石も、もちろん魔宝石だ。

魔宝石には様々な効果があり、過去に使っていたのは魔法効果が跳ね上がるものだった。

物によってはかなり高価ではあるものの、今の私には少しの効果でも大切だ。

フェリクスが快諾してくれたことで、これでなんとか大丈夫だと胸を撫で下ろす。

「洞窟に行く前には必ず用意します」

「ありがとうございます！　私にできることがあれば、いつでも何でも言ってくださいね」

今までのロッドは子ども用でボロボロだったため、周りからの目を気にして、ずっと部屋に置いていた。けれど聖女というのは本来、基本的にロッドを持ち運ぶものなのだ。

皇妃の立場にもなる私のロッドとなると、公的な場でも使うことになり、見栄えも大事になってくるはず。その値段を想像するだけで、少しだけ具合が悪くなってくる。

流石に高価なロッドに見合う働きなんてできる気はしないものの、やれるだけのことはするつもりだったのに。

「昨日お願いは聞いてもらいましたから、十分です」

「えっ？」

（まさか、あの「自分以外と踊らないでほしい」っていうお願いのこと？　たったあれだけでいいの？）

釣り合うはずがないと不思議に思いながらも、フェリクスが良いのなら、ありがたいことこの上ない。

そう思った私は「それなら」と続けた。

「舞踏会に参加する際は、いつでもお声掛けください。私としか踊らないのであれば、困られるでしょうし」

「……ありがとうございます。助かります」

「はい、ぜひ」

小さく微笑んでくれて、つられて笑顔になる。最初よりもずっと、良い関係を築き始めている気がしていた。

今日も頑張ろうと気合を入れ、私は食事を始めた。

朝食を終えた私は当日、効率よく動けるようにルフィノから赤の洞窟について改めて説明を受けていた。

「――つまり洞窟内には魔物がうじゃうじゃいる上に、最奥には謎の扉があるのね」

「はい。僕は扉に触れることすらできませんでした」

奥の扉は酷い穢れに覆われており、ルフィノですら近付くだけでも困難だったという。

（とにかく、一度見てみるしかないわ）

半端な戦力は邪魔になるだけらしく、洞窟内部には私とフェリクス、ルフィノだけで入る予定だ。前回はルフィノ一人で調査に行ったと聞き、驚いてしまった。

（間違いなく私だけが足手まといになるし、気をつけないと。フェリクスの成長が見られるのは楽しみだわ）

元師匠として今のフェリクスの魔法を見られるのは、胸が弾む。

相当な実力を持つ魔法使いになっているはず。

「絶対に無理だけはしないでくださいね」

「ええ、ルフィノもね」

「ありがとうございます。僕は頑丈にできているので大丈夫です。――でも、あなたは違う」

困ったように微笑み、彼はこちらへと手を伸ばす。

「……どんなにすごい魔法が使えたとしても、人間は簡単に死んでしまいますから」

やがて頬に触れられた私は、その言葉に息を呑んだ。

（どうして、そんな……それにルフィノは誰にでも触れたりするような人じゃないのに）

ルフィノの手のひらは驚くほど冷たく、エルフの血が濃いからだと過去に言っていたことを思い出す。こういう時、普通の人間ではないのだと思い知る。

そしてその様子からは、辛い別れを経験したことが窺えた。

（やっぱり、エルセ《私》の死に関係があるのかしら）

好きだと伝えてくれた翌日だったこともあり、ひどく悲しんでくれたのだろうと思うと、やはり胸が痛んだ。

私は頬に触れていたルフィノの手を取り、まるで握手をするように、温めるように両手でぎゅっと包む。

仮にも私は次期皇妃なのだし、深い意味はなくとも、こんな場面を見られてはルフィノが責められてしまうからだ。

「ありがとう。私は絶対に死なないから、大丈夫よ」

彼の目を見て、はっきりとそう告げる。

もう二度とあんな風に、誰かを残して死んだりはしない。

（きっと同じ聖女の立場である私に、エルセを重ねているんだわ）

絶対に大丈夫だから、という気持ちを込めてまっすぐに見つめる。するとルフィノは美しい蜂蜜色の目を見開いた後、やがてふっと口元を緩めた。

「……ありがとうございます。どうか僕にも、あなたを守らせてくださいね」

「もちろん！　ありがとう、百人力だわ」

ルフィノがいつも通りの様子に戻ったことで、内心ほっとする。

彼からそっと手を離すと、空気を変えるように自身の両手をぱんと合わせた。

「あ、そうだわ。お誘いしてくれたのに、舞踏会では一緒に踊れなくてごめんなさい」

「気になさらないでください。もしかして陛下がそうするよう言ったんですか？」

「ええ。やっぱり未来の皇帝夫妻として、円満アピールが必要みたいで……フェリクス様は真面目なのね」

そう言ったところ、何故かルフィノはくすりと笑う。

「そうですね。常に帝国のことを一番に考えてくださっています。……それでいて、とても不器用な方ですよ」

「不器用？　フェリクス様が？」

「はい。今も昔も」

今のフェリクスは完璧に見えるけれど、付き合いの長いルフィノには見せている一面があるのかもしれない。

「僕もあれくらい、まっすぐになってみたいものです」

その言葉の意味も、私には分からない。

けれど、ルフィノが心底そう思っていることは伝わってきていた。


そして六日後、私達三人は予定通り赤の洞窟へ向かって出発していた。

私とフェリクスが隣り合って座り、向かいにルフィノが座り、馬車に揺られている。

「身分を隠すため皇族用の馬車ではないので、乗り心地はあまり良くないかもしれません」

「いいえ、今すぐ眠れそうなくらいですよ」

私がファロン王国で長年使っていたベッドの百倍柔らかく、これ以上ないほど快適だ。

ただ、天気が非常に悪い。中止にするか悩んだものの、他の日にずらすと多忙な二人の予定もあり相当先になってしまうため、決行することとなった。

「陛下とこうして城の外へ出るのも、久しぶりですね」

「はい。子どもの頃はよく出掛けていましたが」

フェリクスとルフィノもやはり付き合いが長い分、仲は良さそうだ。

お兄さんと弟、という雰囲気がある。

「それにしても、酷い雨ですね」

「はい。でも私は雨、昔から好きなんです。流石にこれくらい思い切り降っているのは、好きではないんですが」

「……………」

穏やかな雨音や雨上がりの綺麗になった街が、私は昔から好きだった。それを話すと、じっとフェリクスがこちらを見ていることに気が付く。

「フェリクス様？」

「……いえ、昔同じことを言っていた方がいたので」

「えっ」

（私、そんなことまで話していたのかしら。十七年前に誰に何を話したのかなんて、さっぱり覚えていないし）

流石にこれだけで正体がバレることはないものの、積み重ねというものがある。

気を付けなければと思っていると、ルフィノに「ティアナ様」と名前を呼ばれた。

「そちらのロッド、とても素敵ですね」

「ありがとう！　実は今朝いただいたばかりなの」

そう、手元で輝くロッドは、フェリクスが今朝ギリギリで間に合わせてくれた。美しい銀色のロッドの上部には大粒の魔宝石が複数ついており、驚くほど華やかだ。

（ひとつでいいって言ったのに、フェリクスが迷うなら全て選ぶべきだって全部買ってしまったのよね）

宝石商を呼んだ際、彼も立ち会ってくれた結果、恐ろしい額の買い物になってしまった。

（でも、これでかなり効率が良くなるはず）

魔法効果を上昇させるものから、魔法攻撃を防ぐ結界を張るものまである。お値段に関しては申し訳ないものの、このロッドを使って精一杯働こうと思う。

「本当にありがとうございます。一生、大切にします」

「はい。喜んでいただけてよかったです」

ロッドは聖霊石という特別な素材でできており、一度魔力を通せば、その聖女のものとなるのだ。そっとロッドを指先で撫でると、ほんの少しだけ輝いた気がした。


出発してから半日が経つ頃、私達は洞窟の手前の森の入り口に辿り着いた。

ここからは馬車から降り、歩いて進むことになる。

（……なんて酷いの）

洞窟から漏れ出している瘴気により、森の草木は枯れ落ち、生き物の気配は一切ない。

まさに「死の森」という言葉がぴったりだった。

「ティアナ、大丈夫ですか」

「ええ。行きましょう」

酷い雨が止んだことだけが救いだろう。

フェリクスに差し出された手を取り、森の中を歩いていく。ルフィノがすぐに結界を張ってくれたものの、進むたびに瘴気が濃くなっていくのが分かった。

「……すみません、少し手を離しますね」

前方には蜘蛛の形をした魔物が数匹現れ、フェリクスは私から手を離し前に進み出ると、静かに剣を抜く。

それからは一瞬だった。剣を軽く振っただけで、魔物達はあっという間に肉片となり、地面に転がっていく。

(ま、魔法も使わずに……すごいわ……！)

私が知るフェリクスは、剣を持つだけでぷるぷると震えていたというのに。一体どれほどの努力を重ねれば、こんなにも強くなれるのだろうか。

剣を鞘に納め、側へ戻ってきたフェリクスは、気分が悪くなっていないかと尋ねてくれる。

「はい。フェリクス様、とてもお強いんですね」

「いえ、俺なんてまだまだです」

これでまだまだなんて、なにを目指しているのだろう。

それからも魔物を倒しながら進み、無事に私達は赤の洞窟へ到着した。

「……っ」

深淵《しんえん》の闇が口を開けた洞窟の前で、私は呆然と立ち尽くしてしまう。

(何なの、これ……想像していたよりもずっと酷いわ)

ルフィノが完璧な結界を張ってくれていると分かっていても、あまりにも濃い瘴気と呪いの気配に、呼吸をすることにさえ躊躇いを覚えた。

前世でも私は多くの呪いを見てきたけれど、とても比べ物にならないほど、強く禍々《まがまが》しいものだった。

（こんなもの、絶対に存在してはいけない）

思わずきつく手のひらを握りしめる私を見て、フェリクスは「大丈夫ですか」と声を掛けてくれる。

フェリクスや帝国の民は長年、これほどの呪いに苛《さいな》まれていたのだ。

その苦しみを思うと、胸が痛んだ。

「……はい、問題ありません。行きましょうか」

そして私達は、赤の洞窟内へと足を踏み入れた。

洞窟内に入ってから、一時間ほどが経っただろうか。

「ティアナ、下がっていてください」

「は、はい！」

「こちらの魔物は僕が引き受けますね」

呪いを受ける前は最奥までの所要時間は三十分ほどだったものの、現在では魔物があまりにも多く、出くわすたびに倒して進むため、時間がかかってしまっている。

（それにしてもこの二人、本当にすごいわ）

フェリクスとルフィノでなければ、半日以上かかっていたに違いない。あっという間に魔物を切り伏せ、魔法で跡形もなく倒してのける様は圧巻だった。

そして何より二人の連係は完璧で、感動すらした。

ちなみに私はただ二人の間をコソコソと歩いているだけで、何の役にも立っていない。

「もうすぐ最奥でしょうか――いたっ……！」

「大丈夫ですか？」

「はい、頭をぶつけただけなので……ごめんなさい」

中はかなり暗く、時折天井のかなり低い場所があったり深い水溜りがあったりで、歩くだけでも大変だった。

二人は私をフォローしてくれていて、流石に申し訳なさで押し潰されそうになっている。

（どんどん瘴気が濃くなってる……息が詰まりそう）

ルフィノの結界がなければ、一瞬で命を落としていたに違いない。ここに来る途中に大きな滝もあり、この洞窟から流れ出る水や空気の影響を考えると、また胸が痛んだ。

（一体、どうしてこんな呪いが生まれたのかしら）

そんなことを考えているうちに、ようやく最奥に到着した私達は、揃って足を止める。

岩壁の中に、青銅製の古びた扉が埋め込まれている。

呪いの気配や瘴気は全て、この扉の奥から感じられた。

「この奥に原因がありそうね。ルフィノ、大丈夫？」

「はい。……ここに来ると、気分が悪くなるんです」

そう言ったルフィノの顔色は酷く悪く、心配になる。

結界があっても、エルフの血が入っている彼には私達が感じない何か嫌な感覚があるのかもしれない。

「過去、何度も扉を開けようとしましたが、傷ひとつ付けることができませんでした」

フェリクスはそう言って、扉に手を近づけてみせる。

バチッという大きな音と共にフェリクスの手は弾かれ、一瞬にして火傷のように爛れた。

「ちょっ……わざわざ触れなくていいですから！」

「これくらい、かすり傷です」

私は慌てて今日初めての治癒魔法を使い、すぐにフェリクスの手を治す。絶対にもうこんなことはしないでほしいときつく言うと、彼は小さく頷いてくれた。

「とにかく、結界が張られているんですね」

「そのようです。僕も過去に試しましたが無理でした」

どうやらこの結界はかなり複雑で、その上、幾重にも重ねられているらしい。濃い瘴気のせいで触れられず、結界を破るために必要な解析もできなかったという。

ルフィノの言葉に頷くと、私はまっすぐに扉の前へと進んだ。

先ほどフェリクスを責めたものの、やはり触れてみないと分からないことが多いからだ。

そして恐る恐る、一度手を伸ばしてみたのだけれど。

「……あら？　ええっ？」

なんと何の障害もなく私の手はそのまま空を切り、ぺたりと扉に触れられた。ひんやりとした冷たい錆《さ》び付いた銅の感触に、戸惑いを隠せなくなる。

私が呆然としながら振り返ると、フェリクスとルフィノもまた、信じられないという顔でこちらを見ていた。

（ど、どうして？）

訳も分からず、今度は逆の手を伸ばしてみる。

やはり何事もなく触れられ、口からは間の抜けた声が漏れた。

「何故、ティアナは結界が無効化できたのですか？」

「わ、分かりません。本当に何もしていないのに、すいっといけまして……」

魔法に詳しいであろうフェリクスもルフィノも、理由は分からないようだった。

困惑しつつも一度両手を離し、原因を考えてみる。

「……ねえ、ルフィノ。結界を通り抜ける方法って、確か二つあるわよね」

「はい。結界の魔法式を完全に解析した上で、込められている魔力以上の力をもって破るか
――結界と同じ魔力の持ち主であるかですね」

「…………」

やはり、その二つしかない。今回の場合は間違いなく前者ではないし、そうなると理由はひ

とつしかない。

「この結界の魔力が、私の魔力と同じ……？」

魔力は人それぞれで、全く同じものは存在しない。つまり、この結界は私の魔力で作られていることになる。

（まさか、そんな……嘘でしょう……？）

おぞましい予想をしてしまい、血の気が引いていく。

「ティアナ？　大丈夫ですか」

「は、はい。ごめんなさい、驚いてしまって……」

フェリクスに肩を叩かれ、はっと我に返る。

気掛かりではあるけれど、今はまず呪いを解くのが先決だ。

「とにかく、扉を開けてみます」

「はい。何か異変を感じたら、すぐにやめるように」

「分かりました」

もう一度恐る恐る扉に触れ、ぐっと力を入れて押す。ギイイという音と共に、扉はゆっくりと奥へ動いた。

隙間からはぶわっと瘴気が噴き出し、慌てて閉じる。

「ほ、本当に開きそうですね……私の魔力でフェリクス様を覆えば、同じように中へ入れると思いますが」

そう伝えれば、フェリクスは静かに頷いた。

「分かりました。とにかく中へ入ってみましょう。ルフィノ様は少し離れたところで待機していてください」

「すみません、ここからお二人の結界を維持します」

「ありがとう。気を付けて」

「はい。お二人も、どうかご無事で」

役に立てず申し訳ないと青い顔で謝るルフィノに、そんなことはないと強く否定する。

ルフィノがいなければ私達は、この空間で生きていることすらできないのだから。

「では、魔力を流しますね」

フェリクスの大きな手を取り、彼を包み込むイメージで魔力を流していく。そうしてフェリクスが再び扉へ手を伸ばすと、先ほどの私同様、結界をすり抜けていた。

（やっぱり、最悪な予想は当たっているのかもしれない）

フェリクスも得体の知れない魔力を有する私に対して、不信感を抱いていることだろう。

それでも彼は何も言わず、手を握り返してくれた。

「……この先はもう、完全に未知の領域です。絶対に俺の側から離れないでください」

「分かりました」

そして私は再び重い扉に触れ、力を込めた。

フェリクスと共に中へと入り、扉が閉まると完全な暗闇に包まれる。

すぐにロッドで光を灯せば、そこは夥《おびただ》しい魔物の死骸で埋め尽くされていた。

「なに、これ……」

先ほどから足元で水音がしていたのも、全て魔物の血によるものらしい。これまで数えきれないほど魔物と戦ってきた私でも、ゾッとしてしまう光景だった。

思わず後ずさった私の背中を、フェリクスがそっと支えてくれる。

「……ごめんなさい、流石に驚いてしまって」

「当然の反応です。大方、内部で生まれた魔物が結界のせいで出られず、食い合っていたんでしょう」

魔物というのは、濃い瘴気から生まれる。瘴気は扉から漏れ出していたものの、この場所で生まれた魔物自体はここから出ることができずにいたのだろう。

つまりこの空間では、蠱毒《こどく》のような状況が出来上がっていたことになる。

「それなら、ここには────……」

そこまで言いかけた途端、ずるずると何かを引きずるような音が室内に響く。

「ティアナ！」

次の瞬間、私を抱き寄せたフェリクスが地面を蹴る。その直後、私が立っていた地面は大きく抉《えぐ》れていた。

あのままあの場所にいたら、私は死んでいただろう。

「あれが生き残りのようですね」

「……っ」

フェリクスの視線の先には複数の魔物をぐちゃぐちゃに寄せ集めて固めたような、成れの果てのような魔物の姿があった。

あまりにも醜い姿に声も出ない私とは違い、フェリクスは冷静なままだ。

（これまで殺した魔物の死骸を、吸収しているのね）

「下がっていてください。俺が倒します」

「……分かりました。お気を付けて」

「はい」

剣を抜き、フェリクスは魔物へ向かって行った。美しい銀色の刀身が宙を舞い、確実に身体を切り裂いていく。

一方で魔物もまた、大きな図体の割に俊敏で、的確にフェリクスを攻撃していた。

これほど多くの魔物を殺し生き残ったのだから、その強さは間違いないようだった。

（それに、恐ろしい回復速度だわ）

フェリクスが身体を削ぎ落とすように斬り伏せても、すぐに再生していくのだ。

足元に魔法陣を展開したフェリクスは、魔力を放出させ加速すると、魔物の再生が追いつかない速度で攻撃を重ねていく。

剣と魔法を完璧に組み合わせて戦う姿は、まさに魔法使いの理想形だった。

同じ魔法使いとして、嫉妬してしまうくらいに。

フェリクスなら問題ないだろうし、私が見守っていたって何の助けにもならない。

「……私は、私のできることをしないと」

フェリクスの戦闘の邪魔にならないよう、そのまま部屋の奥へと進んでいく。魔物の死骸の悪臭と濃い瘴気が充満しており、眩暈がしつつも歩みを進めた。

そしてたどり着いたこの空間の最奥にあったのは、祭壇のようなものだった。

（これが呪いの原因ね）

その中心には、小さな箱がある。

溢れ出る呪いからは苦しみや悲しみの強い念が伝わってきて、この箱の中身を想像するだけで吐き気がした。

数多《あまた》の人間を殺《あや》め作った小箱——呪具を媒介にして、呪いをこの地に宿していたのだろう。

（だんだん分かってきたわ。この呪いの正体が）

こんなものがある時点で、間違いなくこの呪いは人的なものだ。

誰かが故意に、この国を呪っている。

そしてこの呪いを解けば、予想は確信に変わるはず。

フェリクスはまだ、魔物との戦闘を続けていた。魔物もかなり消耗してきているようで、時間の問題だろう。

「よし」

私は何度か深呼吸をして両頬を軽く叩くと、解呪の儀式の準備を始めた。フェリクスとルフイノのお蔭で、私はまだ魔力をほとんど消費していない。

呪いを解くのに必要なのは、魔力と媒介だ。媒介は聖水であったり聖遺物であったりと、呪いと相反する聖力が込められているものを使う。

これほどの呪いでは、聖水なんて焼け石に水のようなものだった。

そしてこれまで呪いを防ぐため、手を尽くしてきた帝国にはもう、まともな聖遺物は残っていなかった。

（だから私は、私の血を使う）

魔力というのは血に宿り、聖女の血は中でも特別だ。聖水など比べ物にならないほど、濃い聖力が込められている。

過去、他国では聖女の血が呪いの妙薬として売られ、問題になったほどだった。

一時は空っぽになってしまったものの、元々膨大な魔力を宿していた私の血は、かなり聖力が強いはず。

（魔力が足りない今、私ができるのは完璧な魔法を展開することと、全身の血を使うことくらいだもの）

私はまず右手の手のひらをナイフで切り、その血で祭壇の真下に魔法陣を描き始めた。

描き終えた後、私は左手でロッドを握りしめ両膝を突くと、血の滴る右手を地面の魔法陣に押し付けた。

――解呪に失敗して呪いに押し負ければ、呪いが全て私の血に回り、間違いなく命を落とすことになる。

（本当は、少しだけ怖い）

満足に魔法も使えない身体で、これほどの呪いに立ち向かうのは怖かった。過去の自分の力をよく知っているからこそ、今の至らなさがはっきりと分かる。

それでも、今はもうやるしかないのだから、不安になっていたって仕方がない。

「……大丈夫、私ならできる。絶対に大丈夫」

何度も自身にそう言い聞かせ、私はありったけの魔力を込めた血を魔法陣に注ぎながら、詠唱を開始した。


あれから、どれくらいの時間が経っただろうか。

想像を絶する痛みと苦しみで、どうにかなりそうだった。

「……っ、……う……」

時間の感覚がなく、一秒が永遠にも感じられる。

魔法陣の上に突いた右手が呪いに侵食されて黒ずんでいき、全身に燃えるような痛みと熱が広がっていく。

（まだ、足りない……もっと、魔力と血が必要だわ）

血が失われていき、くらくらと眩暈がしてくる。それでも確実に、呪い自体が弱まっていくのを感じていた。

きっと、この呪いを解けるのは私しかいない。

こんなところで死んでたまるかという気持ちを込めて、必死に呪いを押し返していく。

「ティアナ！　一体、何を……」

背中越しにフェリクスの戸惑いの声が聞こえてきて、無事にあの魔物を倒したのだと悟る。

私が何をしているのか察したらしいフェリクスは、すぐに駆け寄ってきてくれ、今にも倒れそうな私の身体を支えてくれた。

「俺にできることはありますか」

魔法陣に込める魔力を貸してほしいと伝えれば、すぐに頷いてくれる。

「分かりました、どうすればいいのか教えてください」

やはり想像以上にこの呪いは強く、複雑なものだった。

もう私の魔力だけでは、限界が近い。昔のように私が吸収することはできないため、直接魔法陣に魔力を込めてもらうことになる。

その上、私の魔力と完全に波長を合わせなければ、魔法陣も押さえつけている呪いも、全て崩れてしまう。

私がなるべくコントロールするけれど、できる限り合わせてほしいと伝えれば、フェリクスは頷いてくれた。

（本当に、そろそろまずいかもしれない……左半身の感覚がなくなってきたわ）

言葉を発するだけで身体が軋《きし》み、痛みで意識が飛びそうになる。そんな私を見てフェリクスは唇を真横に引き結び、辛そうな表情を浮かべていた。

やがてフェリクスは魔法陣の上に、手を突く。

床に描いた自身の血を通じ、温かい魔力が流れ込んでくる。

（良かった……フェリクスのお蔭で安定し始めた）

「っげほ、っ……ごほっ……う……」

そんな中、咳《せ》き込んだ私の口からは、真っ赤な鮮血がぽたぽたとこぼれていく。

左腕は完全に呪いで黒く染まり、指先ひとつ動かせなくなっていた。視界が霞み、本当に限界が近いことを悟る。

一瞬でも気を緩めればもう、意識を失ってしまうに違いない。

「ティアナ、もう――」

「フェリクス！　集中して！」

私を止めようとしてくれたフェリクスは魔法陣から手を離そうとし、つい叱るような大声を出してしまった。その瞬間、これまでの全てが無に帰すからだ。

フェリクスはハッとしたような表情を浮かべ、再び魔法陣へと意識を集中する。

（い、今の大声のせいで内臓、相当やばいことになった気がする……でもやっぱり、フェリクスは優しい子だわ）

「だいじょぶ、だから……ごめ、ね……」

肩口で血を拭いなんとか口角を上げれば、フェリクスは苦しげにアイスブルーの瞳を細め、

謝罪の言葉を紡いだ。

意識が朦朧としてきて、呼吸をするだけでも精一杯だった。

気力だけで、呪いを必死に押し返していく。

（あと、少し……今、ここで全部出し切らないと）

もう声は出ず、そんな気持ちを込めてフェリクスへと視線を向ける。すると私の意志が伝わったのか彼は静かに頷き、魔法陣へと一気に魔力を込めた。

「……っ！」

（お願い、どうか――!!!）

最後の力を振り絞った瞬間、何かがぱんと弾け、目の前の霧が一気に晴れていくような感覚が広がった。

同時に痛む身体中が、温かい懐かしいもので満たされていく。これでもう大丈夫だという、確信があった。

良かったという言葉ひとつ紡げず、安堵した途端、目の前の景色が傾いていく。

「ティアナ！　っ今すぐに――……」

フェリクスが私を抱き寄せ、名前を呼んでくれる。

けれど途中からはもう、何も聞き取れなくなった。

（ああ、やっぱり何も変わっていないじゃない）

今にも泣き出しそうなその表情は、子どもの頃と全く同じで、小さく笑みがこぼれる。

「――――」

私は最後の力を振り絞って彼に手を伸ばし、大丈夫だと伝えると、静かに意識を手放した。

「……っ……いっ……っ……」

意識が浮上した瞬間、激痛で一気に目が覚める。あちこちが痛くて、もうどこが痛いのかすら分からない。

目を開けて眼球だけを動かせば、見慣れ始めていた真っ白な天井が見えた。

今はどうやら昼頃らしい。

（ここは……王城の私の部屋だわ。赤の洞窟で意識を失った後、きっとフェリクスが運んでくれたのね）

何もかもが痛くて、寝返りを打つことさえできない。痛すぎて、まともに何かを考えることすら厳しかった。

ひとまず治癒魔法で自らできる限り全身を治してから一旦整理しようと思った私は、とあることに気が付く。

（魔力が増えてる……それも今までの倍くらいに）

それと同時に、やはりあの最悪の仮説は正しかったのだと確信する。怒りが込み上げてくるのを感じながらも治癒魔法を使い、身体を治していく。

「……目が、覚めたんですか」

無事に全ての痛む箇所を治した後、寝返りを打ったことで、すぐ側の椅子にフェリクスが腰掛けていることに気が付いた。

彼も無事だったようで心底ほっとしながら、慌ててベッドから身体を起こした。

「ごめんなさい、私、気絶してしまって……あ、呪いは無事に解けましたか⁉」

「………………」

尋ねてみても、フェリクスは何故か泣き出しそうな顔をしたまま、私を見つめるだけ。

かなり心配してくれていたらしく申し訳なく思っていると、やがてベッドの上に無造作に置いていた手のひらが温かい彼の手に包まれる。

フェリクスはいつかの私のように、私の手を自身のもとに引き寄せ、祈るように握りしめた。

これまでの彼らしくない様子に、心臓が早鐘を打ち始める。

そんな私に向かって、彼はようやく口を開く。

「……なぜ、何も言ってくれなかったんだ」

「えっ？」

そう告げられた瞬間、全てを悟ってしまう。

私を縋るように見つめる空色の瞳は、確かな熱を帯びている。

「エルセ」

そして十七年ぶりに呼ばれたその名前に、ひどく泣きたくなった。

第六章✴初恋の行方

──リーヴィス帝国第三皇子として生を受けた俺は、生まれ落ちた瞬間から、呪いに身体を蝕まれていた。

治療方法もなく、終わりのない痛みや苦しみと共に、ゆっくりと死を待つだけ。

たった一度、顔を合わせた父には「運が悪かったな」とだけ言われた。俺の人生はそんな一言で片付くものなのかと思うと、この世の全てを呪いさえした。

俺を産んだことで白い目で見られると責め立てられてからはもう、母とも会っていない。

（俺が一体、何をしたというんだろう）

どうして生まれてきてしまったのかと、幼い頃からそんなことを考えてばかりいた。俺の暮らす離宮の侍女達が親切なことだけが、唯一の救いだった。

八歳の秋、呪いの症状が悪化し生死の境を彷徨《さまよ》った。

痛くて苦しくてこれ以上こんな思いをしたくなくて、死んだ方が楽だと考えた時だった。

『……だ、れ……？』

『初めまして、フェリクス殿下。私はこの国の大聖女、エルセ・リースと申します』

エルセは、俺の前に現れた。

全身に広がる火傷のような呪いのせいで赤は嫌いな色だったけれど、彼女の真紅の髪は綺麗だと思った。

（冷たくて、気持ちいい）

エルセのひどく優しい眼差しに、頬に触れる優しい手つきに、心底泣きたくなった。

大聖女だって、この呪いをどうすることもできないということは分かっていた、のに。

『……せ、じょ……さま……た、すけ、……』

口をついて出たのは、そんな言葉だった。どうしようもなくまだ死にたくないと、縋りつきたくなった。

こんなことを言っても、困らせるだけだと分かっていたし、俺の言葉にやはり彼女は泣きそうな顔をする。

けれど、エルセはやがて何かを決意したような表情を浮かべると魔法を使い、俺の呪いを弱めてみせたのだ。

奇跡だと涙する侍女の側で、痛みや苦しさが消え、身体が楽になっていくのを感じていた。

『……あり、がと……』

『どういたしまして』

優しく頭を撫で、ふわりと微笑んでくれたエルセの笑顔は、神様みたいだと思った。

そしてこの瞬間から、俺の長い初恋が始まったのだ。

それからは体調も落ち着き、出歩けるようになった。

エルセが俺を救ってくれた魔法は特別なものらしく、もう使えないと言われていた。炎龍の呪いを抑える方法など、存在しないと言われているのだ。幼く愚かだった俺は大聖女の彼女が一度だけ使える特別な魔法なのだと、深く考えずにいた。

『俺、絶対に強くなって皇帝になるから！』

『まあ楽しみ！　お給料、十倍にしてもらわないと』

強くなりたくて、少しでもエルセに近づきたくて、魔法を教えてほしいと頼んだ。

誰よりも忙しいはずなのに、エルセは俺の師となり、たくさんのことを教えてくれた。魔法だけじゃない、この国で生きていくための術《すべ》も、何もかもを。

『フェリクスは天才だもの、私をいつか超えるはずよ』

『絶対に嘘だよ。エルセはすごいもん』

『私ももちろんすごいけど、フェリクスにはそれ以上の才能があるし、将来が楽しみだわ』

そう言って、エルセは柔らかく目を細める。

俺はそんなエルセが大好きで、彼女と一緒に過ごせる日々が幸せで、この先の未来が楽しみだと思えたのは生まれて初めてだった。

——それなのに。

エルセと出会ってから、二年が経った秋の日。魔物の出ない街の近くの森で、魔法の練習をしていた俺とエルセを突如、おびただしい数の魔物が取り囲んだ。

それも本でしか見たことのないような、上位の強さの魔物ばかりが。明らかに異常だった。

それらは、まるでエルセを狙っているかのように彼女へまっすぐに向かっていく。

『フェリクス！　早く逃げて！』

『な、なんで？　ここから、出られない……！』

『……そんな、まさか』

俺とエルセ、魔物を取り囲む結界が張られ、逃げることもできない。

エルセは結界を解こうとしたものの、次々と襲いかかる魔物のせいでそれは叶わず、結局彼女は一人で全ての魔物を倒しきった。──沢山の傷を負いながら。

何の力もない足手まといの俺は、彼女の後ろでただ守られているだけだった。

『……いった……やられちゃった、なあ……』

やがてその場に倒れ込むように横たわったエルセの真っ白な聖女服は、彼女の血で真っ赤に染まっている。

『は、早く、治癒魔法を……！』

『……もう、使えなく、なっちゃった』

慌てて駆け寄った俺を見て、困ったように微笑む彼女は素人目でも、助かりそうにないと分かってしまう。

治癒魔法を使うための魔法回路が駄目になってしまったらしく、エルセは「うっかりだわ」なんて言って笑う。

（――エルセが、死ぬ？）

そんなこと、俺にとっては死も同然だった。エルセがいたから、生まれてきて良かったと初めて思えたのだ。

頭が真っ白になり、どうしたら良いのか分からず、涙だけが零れ落ちていく。

『っすぐに、人を呼んでくるから――』

『ねえ、フェリクス、おいで』

魔物が全て死ぬのと同時に、結界は解けていた。

近くの街に助けを呼びに行こうとする俺を引き止め、エルセは地面に横たわったまま俺を抱き寄せる。きっともう間に合わないと、彼女は悟っていたのだろう。

抱きしめられるのと同時に、ゆっくりと身体中から魔力が奪われていく感覚がした。

――もしかすると、魔力さえあれば治せるのかもしれない。だって、エルセはすごい魔法使いだから。

そんな期待を胸に、俺の魔力なんか空になるまで全部エルセにあげると思っていたのに。

『ど、して……』

やがて顔を上げると、真っ白だった彼女の肌には火傷のような痕《あと》が広がっていた。細い手足にも、整った綺麗な顔にも。

間違いなくこの身に宿していたものと同じで、俺は息をするのも忘れ、その姿を見つめることしかできない。

そして俺の身体からは、呪いの気配が一切なくなっていることにも、気が付いてしまった。

『なんで、こんな……！』

——今になって、ようやく理解する。あの日もエルセは俺の呪いを治療したのではなく、吸収したのだと。

誰よりもこの呪いについて理解していた俺は、彼女がどれほど苦しんだのかも、容易に想像がついた。

言葉を失う俺に、エルセは苦しげな笑顔を向ける。

『フェリクスの辛いこと、私が全部、持っていくから』

その瞬間、俺は幼い子どものように泣き出していた。

死を悟ったエルセは最期の力を使い、俺の呪いを全て自身の身体に移し切ったのだ。

どうしてエルセはこんなにも、俺を救ってくれるのだろう。俺はまだ、彼女に何ひとつ返せていないのに。

『やだ、いやだ、エルセ……死なないで……！』

エルセの周りには血溜まりが広がっていき、彼女を抱きしめていた俺の身体も、真っ赤に染まっていた。

泣くことしかできない俺の左の頬を、エルセは冷たくなり始めた手のひらで撫でてくれる。

『私ね、幸せ、だったんだ。こんなに特別な力を、もらって……沢山の人を、救えて……最後に、こんなに可愛い弟子まで、できたんだもの。もう、十分だわ』

血が滲む唇が、小さく弧を描く。掠れ、震える声でエルセは「だからね」と続ける。

『……今度は、フェリクスの未来が、たくさんの嬉しいこと、幸せなことで、いっぱいに、なりますように』

それが、彼女の最期の言葉だった。


本来、聖女は神殿の敷地内に埋葬される。

だがエルセは両親の側がいいと望んでいたらしく、ルフィノ様の主導の下、彼女の遺骨は故郷の墓地に納められた。

『……ごめんね』

それから何度も、何度も彼女の故郷を訪れては、墓前で謝罪の言葉を紡いだ。

──弱さは罪だ。

俺が弱いから、エルセは死んだ。

俺が弱いから、エルセは殺された。

(守られて救われるだけの俺は幼くて、本当に無力だ)

いくら悔やんでも、悔やみきれない。あの日のエルセの笑顔が、頭から離れなかった。

本当はずっとこの場所で、エルセの側で、ただ泣き喚き続けたかった。それでも彼女がそんなことを望まないというのも、もちろん分かっている。

何よりエルセがくれた命を、無駄になどできない。

『俺、絶対に強くなるよ。だから、どうか見ていて』

俺にはエルセが認めてくれた才能と、エルセがくれた健康な身体があるのだから。

エルセが愛したこの国を、守るために。エルセを殺した人間を捜し出し、殺すために。

俺は誰よりも強くなると、愛する彼女に誓ったのだ。


『──ねえ、エルセ。今日で二十七歳になったよ。あの頃のエルセより五歳も歳上なんて、変な感じがする』

あれから、十七年が経った。俺は死に物狂いで努力を重ね、多くの血を流しながらも皇帝の座に就いた。

多忙な日々の中でも、時間を作ってはエルセの故郷へ足を運び、こうして彼女の墓前で報告を続けている。

(エルセがいたら怒られることも、沢山してきた)

だが、綺麗事だけでは生き抜くことなどできないと、俺は身をもって学んでいた。

エルセのように、俺はなれない。

彼女がどれほど特別で偉大な人間だったのか、今になって実感する。

『……もうすぐ王国から聖女が来る。利用するために結婚するなんて知ったら、エルセは絶対に怒るだろうな』

エルセがこの世を去ってから、何もかもが変わった。変わってしまった、というのが正しいのかもしれない。

彼女が愛した美しい国はもう見る影もない。呪いにより、帝国は衰退の一途を辿っていた。

それでも、どんなことをしてでもこの国を救い、未だ見つからない彼女を殺した人間を捜し出すためだけに、俺は生きていくのだと決めていた。

『俺はまだ、頑張れるよ』

エルセを思い出さない日は、一日だってない。俺の人生の中のたった二年間——彼女と過ごした日々は俺にとっての糧であり、全てだった。

『エルセに次に会えた時、頑張ったねって言ってもらえるように、頑張るから』

彼女が大好きだった花を供えて、笑顔を向ける。

（……会いたいと、何度願っただろう）

こんなにも時が経っても、エルセへの想いは色褪せるどころか大きくなっていく。

そしてそれはこの先一生、変わることはない。そう、思っていたのに。

『もし良ければ、フェリクス様と呼んでも？』

ファロン王国からやってきた聖女、ティアナ・エヴァレットは、変わった人間だった。

『フェリクス様のことが知りたいんです』

「空っぽ聖女」などと呼ばれ何の力もなく、虐げられてきた十七歳の少女。だが、彼女はそんなそぶりを一切見せず、いつだって太陽のような笑みを浮かべている。

（……一体、何がしたいんだ）

彼女が俺に対して恋情を抱いている訳ではないということは、すぐに分かった。

ただ俺の話を楽しそうに聞いては、まるで慈しむかのようなまなざしを向けてくる。

『フェリクス様は、お慕いしている女性はいますか？』

『……これ以上、痛ましい被害を出してはなりません。必ず全ての呪いを解いてみせます』

気が付けば、予想外の言動ばかりする彼女から目を離せなくなっていた。

そして彼女が、どうしようもないくらい善人だということも、分かってしまった。

利用することに対し、罪悪感を覚えてしまうほどに。

『このロッドを、お借りしたいんです！　どうしても今、必要なんです……多くの人の命が、かかっているので』

『また怪我人が出たら呼んでください。魔力量に限りはありますが、少しは治せますから』

自分を顧みず、他者のために心血を注ぐまっすぐな彼女の姿は、色褪せた俺の瞳にはひどく眩しく映った。

それは俺がとうに失い、俺が一番憧れたものだった。

『……今、何を考えていますか？』

『俺は、ティアナ以外と踊るつもりはありません』

『ですから、あなたもそうしてくださると嬉しいです』

だからこそ、あんなことを言ってしまったのだろう。

彼女が自分以外を見ることに、焦りを覚えたのだ。

(本当に、俺らしくない)

俺はエルセ以外に心惹かれることはないし、そんなことなど絶対あってはならないのに。

——それでも何度か、ティアナがエルセと重なって見えることがあった。

もしかしたら、なんて馬鹿げた都合の良い夢物語など、考えないようにしていた。

無駄な期待をして辛くなるのは、自分自身だからだ。


『フェリクス！　集中して！』

そんな中、赤の洞窟でティアナにそう呼ばれた瞬間、思わずはっとして息を呑んだ。

きっと偶然そう呼んだだけだ。そう分かっていても、心臓は早鐘を打ち続ける。

(期待しては駄目だと、分かっているのに)

俺のことをそう呼ぶ人間は、今も昔も世界に一人きりだった。そして彼女は、意識を失う直前「ありがとう」「やっぱり天才だね」と、掠れた声で言ったのだ。

——震える手を必死にこちらへ伸ばし、俺の左手と自身の右手の小指を絡めながら。

俺は幼い頃、再び悪化し始めた呪いにより手や指先まで痛むことが多く、彼女はいつも俺と手を繋ぐ時、唯一痛まない小指の指先だけを絡めてくれていたのだ。

『……っ』

俺と彼女だけの、歪《いびつ》な優しい手の繋ぎ方。冷たくなった指先を、そっと握り返す。

ティアナはエルセの生まれ変わりなのだと、確信した瞬間だった。

すぐに傷だらけの彼女を王城へ連れ帰り、それからずっと、側で見守り続けた。

(どうして、何も言ってくれなかったんだ)

その青白い顔を見つめながら、これまでティアナと過ごした数週間のことを思い出す。

『身体の調子はどうですか?』

『……特に何も、問題はありませんが』

『よかった……』

『オレンジフラワーでもいいですか?』

『……約束、まもれなくて、ごめんね』

『いえ、楽しいなって』

『フェリクス様、ダンスがとてもお上手ですね』

『でも私は雨、昔から好きなんです』

思い当たることは、いくらでもあった。

(――こんなに、近くにいたのに。こんなにも、彼女は彼女のままだったのに)

感謝も謝罪も、この胸の中で燻《くすぶ》り続けた想いも、これまでのことも、伝えたいことがたくさんあった。

(今度は間違えたりしない。もう絶対に、死なせたりしない。必ず俺が守ってみせる)

未だ眠り続ける彼女に向かって、祈るように呟く。

「……お願いだから、目を覚ましてくれ。ティアナ」


(どうして……なんで、気が付いたの……？)

解呪の儀式の間はとにかく必死で、特に後半は意識がはっきりしていなかった。そのせいで無意識に、余計なことを言ってしまったのかもしれない。

何よりあの時はもう限界を超えたほどの痛みで、まともに頭が働いていなかった。

突然のことに動揺してしまいながら、笑みを作る。

「な、何を仰っているのか――」

「エルセは何かを誤魔化そうとする時、いつも右下へ視線を向けていた。そんな癖も変わっていないんだね」

「……っ」

遮るようにそう言われ、何も言えなくなってしまう。

フェリクスは想像していた以上に私のことをよく見ていて、私についてよく知っていたのだと思い知る。

恐る恐るフェリクスを見上げれば、彼はまっすぐに私を見つめていた。

その瞳には迷いがなく、確信していることが窺える。もう誤魔化せないと、悟った。

「……こんなにも、あなたは変わっていないのに。気付けなかった愚かな自分が、嫌になる」

フェリクスはそんな私を見て、傷付いたような、自嘲するような笑みを浮かべている。

(その表情だって、自分を責める時のものじゃない)

よく見ていたのは、フェリクスだけではなかった。

私達は、お互いのことを知り過ぎていたのかもしれない。

(隠し通すなんて、きっと最初から無理だったんだわ)

私は目を伏せると、フェリクスの手を取った。同時にフェリクスの手がびくりと揺れる。

けれどすぐ、躊躇うようにそっと握り返された。

「ずっと黙っていて、ごめんなさい。今の私は昔みたいな力もないお荷物だし、フェリクスには今の人生があるから、黙っていようと思ったの」

「……本当は分かっているんだ。俺があんな態度を取っていたから、言い出せなかったのも当たり前だと」

「それも仕方ないわ。自分で言うのも何だけど、あんなにすごい聖女だった私が、空っぽ聖女なんて笑っちゃ、う……」

そこまで言いかけた私は、言葉を失ってしまう。フェリクスの手を握りしめていた手に、ぽたぽたと温かい雫《しずく》が落ちてきたからだ。

「フェリクス……？」

顔を上げれば彼のふたつの碧眼からは、静かに宝石みたいな涙が零れ落ち続けていた。

「……ずっと、謝りたかったんだ。弱くて、何もできなくて、死なせてごめん」

──きっとフェリクスは十七年前、私が死んだ日から自身を責め続けていたのだろう。

まだ幼く魔法を学び始めたばかりの彼が、あんな状況で何もできないのは当然で、何も悪くないというのに。

幼い頃と重なって見える涙を流す姿に、痛いくらい胸が締め付けられる。

「絶対に、絶対にフェリクスのせいじゃないわ。私の方こそ、本当にごめんなさい」

私はベッドから身を乗り出すと、涙を流し続けるフェリクスを抱きしめた。昔より大きくなった彼の肩が、戸惑ったように小さく跳ねる。

けれどやがて、背中に腕を回された。

「……あんな風に死んでしまえば、フェリクスは優しい子だから、責任を感じてしまうと分かっていたのに」

「エルセは悪くない、俺が悪いんだ」

「ううん。悪いのは私を殺した人間よ」

そう言って笑いかけたけれど、フェリクスは小さく首を左右に振る。

時折、頑固になるところも変わっていない。

「どうして、私だって気が付いたの？」

そう尋ねれば、フェリクスはこれまでのことを話してくれた。そして気付いたことにも、納得がいった。私には全く記憶がなく、完全に無意識だったのだろう。

やがて「ティアナ」と、優しく名前を呼ばれる。

フェリクスは目覚めてすぐ、あえて「エルセ」と呼んで以来、一度も私を「エルセ」と呼ぶことはなかった。

前世も含めた今の私を、私だと認めてくれている。それがとても嬉しかった。

「今のあなたが、ティアナ・エヴァレットという一人の女性だということは分かっている」

「……うん」

「それでも俺は、俺の師だったエルセ・リースに伝えたいことがあるんだ。一度だけ、許してくれるだろうか」

頷けば「ありがとう」と言われ、背中に回された腕に込められている力が強くなる。

少しの沈黙の後、フェリクスは口を開いた。

「……エルセが守ってくれたから、俺の呪いを全て引き受けてくれたから、生き続けることができた。エルセが沢山のことを教えてくれたから、俺は強くなれた」

彼の言葉に相槌を打ちながら、私もまた、視界が滲んでいくのを感じていた。

「何の意味もない終わりを待つだけの俺の人生は、エルセのお蔭でこんなにも変わったんだ」

「フェリクス……」

「エルセがいたから、エルセとの想い出があったから、俺はここまで来ることができた」

両親からは見捨てられ、師である私を失った後、ひとりぼっちだったフェリクスがこれほど強くなり、皇帝の座に就くまでにした努力や苦しみなど、私には想像もつかない。

「本当に、ありがとう。ずっと感謝を伝えたかった」

そんな言葉に、胸がいっぱいになった。エルセ《私》の人生に意味はあったのだと、報われたような気持ちになる。

そしてフェリクスはなんて立派になったのだろうと、目元を指先で拭った。

あれほどの呪いを受けて尚、帝国が今の豊かさを保っていられるのはきっと、彼の努力によるものだろう。

「……フェリクスは本当にすごいわ。あれからずっと、たくさんたくさん頑張ったのね」

彼から少しだけ離れ、柔らかな黒髪を撫でる。

すると顔を上げたフェリクスと至近距離で、視線が絡んだ。

彼の透き通ったガラス玉のような瞳に映る私は、やっぱり泣きそうな、けれど嬉しそうな顔をしていた。

「ありがとう。あなたは私の自慢の弟子よ」

「…………っ」

驚いたように見開かれた彼の切れ長の目は、やがて何かを堪えるように細められ、また涙が溢れていく。

フェリクスの涙を指先で拭おうとした瞬間、再びきつく抱き寄せられていた。

先ほどまでのものとは、全く違う。その腕からは、身体からは、抑えきれないほどの熱が伝わってくる。

そして彼は私の耳元で、掠れた声で囁く。

「——好きだ」

ひどく切実で、縋るような声だった。

彼が長年想ってくれているのを知っていたとはいえ、やはりこうして伝えられると、戸惑いを隠せなくなる。

「……どうしようもなく好きで、忘れられなくて、エルセは俺の人生の全てだった」

少し速い心音が、身体を通して伝わってくる。やがて溶け混じるように私の鼓動も、同じ速さになっていく。

「愛してる」

その言葉が今の私に向けられたものではないと分かっていても、心臓が大きく跳ねた。フェリクスが知らない男の人みたいで、鼓動は早鐘を打ち続け、顔が火照《ほて》っていく。

きつく抱きしめられながら肩に顔を埋《うず》められ、私は指先ひとつ動かせなくなってしまう。

「……ありがとう。すごく、すごく嬉しい」

フェリクスもしばらく何も言わず、少しの沈黙の後、ようやく私の口から出てきたのはそんな言葉だった。

頭上で、フェリクスがふっと笑う。

「こちらこそ、聞いてくれてありがとう。お蔭でようやく前に進める気がする」

「そ、それは良かったです」

抱きしめられたまま耳元で囁くように言われては、やはり落ち着かない。

高めの可愛らしかった声も今や低くて甘い、色気すらある、それはもう良い声になっているのだから。

「そ、そろそろ座りませんか」

「ああ、ごめんね。まだ体調も万全じゃないのに」

「ううん、大丈夫」

本当は座りたい訳ではないのだけれど、フェリクスとの密着状態から解放されたくて、そう言ったのに。

（ど、どうしてこんな……もっと恥ずかしいじゃない）

気が付けば私達はベッドの上でぴったりくっついて座っていて、フェリクスの右腕は私の腰に回され、左手は私の膝の上に置いた両手の上に重ねられている。

そしてフェリクスの頭は、甘えるようにこてんと私の肩に預けられていた。

時折首筋をくすぐる黒髪からは、恐ろしく良い香りがする。

「あの、フェリクス、少し近い気がするんだけど」

「……夢みたいで、嬉しくて信じられなくて、少しでもティアナの体温を感じていたいんだ」

そんなことをフェリクスに上目遣いで言われて、私が嫌だなんて言えるはずがない。

（これまでフェリクスはずっと、一人で頑張ってきたんだもの。甘える相手が欲しかったのかもしれない）

変に意識してしまう方がおかしいんだと必死に自分に言い聞かせて、心を落ち着ける。

「とりあえず、あれからのことを聞いてもいい？」

「ああ」

それでもこのやけに甘い雰囲気に耐えきれず、話題を変えようとそう尋ねれば、フェリクスは頷いてくれた。

そもそも、敬語ではない今のフェリクスにもまだ慣れない。

私の腰をしっかり抱いたまま、彼は続ける。

「ティアナが意識を失うのと同時に、赤の洞窟の呪いは無事に解け、完全に浄化された」

「良かった……！　ルフィノは大丈夫？」

「ルフィノ様も無事だよ。それからすぐに三人で王城へ戻って、ティアナの治療をしたんだ」

現在ルフィノは魔法師団を率いて赤の洞窟の再調査をしてくれており、多忙だという。

私をとても心配してくれていたそうで、王城へ戻ってきたらお礼を伝えなければ。とにかくあの呪いが無事に解呪できたことに、心底ほっとする。

「帝国内は今、お祭り騒ぎなんだ。呪われた地が二ヶ所浄化されたことで、民にも希望が見えてきたんだろう」

「そうなのね！　本当に良かった」

「ティアナが呪いを解いたというのも広まっていて、今や聖女どころか女神扱いだって」

「お、大袈裟だわ……」

「……ティアナは本当にすごいよ。俺なんて、まだまだだと思い知らされた」

そんな大層なものではないと思いながらも、この身に宿る魔力が以前よりずっと増えたのを感じていた。

「実は呪いが解けた瞬間から、魔力が増えているの」

「……魔力が？」

「ええ。まずはティアナ・エヴァレットについて話さないといけないんだけど……」

それから私は、今世のことを話し始めた。

生まれつき魔力量が多かったこと、神殿に入ってから年々魔力が減っていき、空っぽ聖女と呼ばれるようになったこと。

そして帝国へ来るまでのことを、全て。

途中からフェリクスの表情が曇り始め、最終的には思わず口を噤《つぐ》みたくなるほど、完全に立腹していた。

「ファロン神殿での扱いは、酷いものだったんだろう」

「……ええと、それは」

心配をかけたくはないし、正直話すのは気が引ける。

（それでも、私に恥じることなんて何ひとつない。魔力が奪われていたのなら尚更だわ）

何よりフェリクスに、今の私を知ってほしい。

そう思った私は、包み隠さず全てを伝えることにした。そもそもここに来た時の私の状態を見れば、誰だってある程度の想像はついているはず、だったのに。

「……どうか許してほしい」

「えっ？」

「辛い思いをしてきたティアナを利用しようと、俺はあんな契約書まで書かせたんだ」

話し終えた後、片手で目元を覆ったフェリクスは、再び自分を責めているようだった。

私は慌てて、励ますように彼の手に触れる。

「むしろ私、心底感謝しているの。辛い生活から抜け出せた上に、こんなにも贅沢な暮らしをさせてもらえているんだから」

「……俺に幻滅してはいない？」

「もちろん。立派になっていて感動したくらいよ」

全ては国や民のことを思っての行動だったのだし、フェリクスは無能な聖女である私に対しても、最初から丁重な待遇をしてくれていた。

（それに、エルセ《私》をずっと大切に想ってくれていたことだって、本当に嬉しかったもの）

流石にボロボロのロッドをあんな場所に飾っていたのはやり過ぎだと、思い出してはつい笑ってしまう。フェリクスは顔を上げ「それなら」と続ける。

「この先、俺を好きになってくれる可能性はある？」

「……え」

予想もしていなかった問いを投げかけられた私の口からは、間の抜けた声が漏れた。

まるで今の私も好きだと言っているようで、呆然としながらフェリクスを見つめ返す。

──今は見た目だって全くの別人だし、性格だって前世と全く同じわけではないのだから。

戸惑いが顔に出てしまっていたのか、フェリクスは困ったように微笑んだ。

「……たとえエルセの生まれ変わりだと知らなかったとしても、俺はいつかティアナを好きになっていたと思うよ」

そんな言葉に、また心臓が跳ねてしまう。

「舞踏会で俺以外と踊らないでほしいと言ったのも、ルフィノ様に嫉妬したからなんだ」

「えっ？」

私はてっきり円満アピールのひとつだと思っていたため、再び驚く。

「一生エルセしか愛せないと言いながらも、ティアナに惹かれてしまう自分が嫌で、怖くなったくらいには」

　ぎゅっと私を抱きしめたフェリクスは、今にも消え入りそうな声でそう囁いた。

（フェリクスはずっと、エルセ《私》に縛られていたんだわ）

　死んでしまった人間は彼を解放するために、背中を押してあげることもできないのだから。

「今もエルセのことが好きで大切で、絶対に一生忘れられない。エルセは俺の人生そのものなんだ。それでも俺はこの先、ティアナをそれ以上に好きになる自信がある」

「フェリクス……」

「俺は結局、何度でもあなたを好きになるんだろうな」

　どこか諦めたように笑うフェリクスの瞳に映る私は、やっぱり泣きそうな顔をしていた。

　彼のこれ以上ないくらいの真摯な愛の言葉に、胸を打たれてしまったのは事実で。同時にフェリクスが今の私に好意を抱いてくれているのが伝わってきて、思わず視線を逸らした。

　けれどきつく両手を握りしめ、なんとか言葉を紡ぐ。

「……私はフェリクスが今も昔も大切で、大好きよ。でも、今まで恋愛をしたことがないし、あなたをそういう風に見たこともないから、正直まだよく分からなくて」

　フェリクスは優しい声で「うん」と相槌を打ちながら、静かに聞いてくれている。

「今はこの国を救いたいっていう気持ちが一番だから、すぐに返事はできないかもしれない」

「うん」

「無事に呪いを解いた後は、前世や今世でできなかったことを、たくさんしたいと思ってる」

「……うん」

――たくさんの物に触れて、色々な人に出会って話をして、もっと外の世界を見てみたい。それは前世の記憶を取り戻す前の、私の願いでもあった。

「でも私は、その時にフェリクスが一緒だったら嬉しいなと思う」

頭の中はぐちゃぐちゃで、きっと上手く話せてはいない。

それでもこれが今の、正直な気持ちだった。

「……ありがとう」

やがてフェリクスはそう言い、よりきつく私を抱きしめた。

「今はそれで十分すぎるくらい幸せだ。ティアナの中で答えが出るまで、ずっと待ってる」

そういうところが好きだなんて言い、私から離れると、形の良い唇で美しい弧を描いた。

「まあ俺達、もうすぐ結婚するんだけどね」

「……はっ」

そういえば、そうだった。元々フェリクスと結婚なんて違和感しかなかったけれど、余計に困惑してしまう。

（でも、どちらかに気持ちがある時点で、それはもう当初の契約結婚とは全くの別物になるんじゃないかしら）

「それと明後日《あさって》の結婚式は延期したから、安心して」

「えっ？　明後日!?」

「うん。あれからティアナは五日間、眠っていたんだ」

「ま、また五日も……」

やけに頭がぼうっとする上に身体が重いとは思っていたけれど、まさかそんなに時間が経っていたなんて。

流石に私がこの状態では無理だと、ひとまず一ヶ月後に延期をしてくれたらしい。

「結婚をしても、これまでと何か変わるわけじゃない。夫の立場を利用して近づいたりもしないし、ティアナにはこれまで通り好きに過ごしてほしいと思ってる」

「……うん」

「ただ、これからは俺を男として見てくれたら嬉しい」

(フェリクスは優しすぎるわ。いつだって、私のことを一番に考えてくれている)

これから先も契約結婚という形に変わりはなく、とにかく私には今の生活を満喫してほしいとのことだった。

私ばかり有利で得をする条件だと、改めて思う。

「そんな日々の中で、いつかティアナが俺へ向ける気持ちが変わったなら、あの契約書は破棄させてほしい」

「……うん」

「俺はティアナと、本当の夫婦になりたいから」

フェリクスの言葉はまっすぐで、私の心臓はドキドキさせられっぱなしだった。

鋭い彼は、とっくに気が付いているのだろう。

(この子は昔から、望みのないことは言わないもの)

「好きだよ、ティアナ」

甘すぎる言葉や雰囲気に、くらくらとしてくる。流石に私がもういっぱいいっぱいだと察したのか、フェリクスは完全に私から離れると立ち上がった。

「この後、食事はできそう?」

実はお腹が空いていたため、こくりと頷く。

するとフェリクスは、ここで二人で食べようと言ってくれた。正直まだ体調は万全ではないし、ありがたくお言葉に甘えることにする。

「フェリクス、色々ありがとう」

「こちらこそ。ティアナのためなら、何だってするよ」

「……っ」

(こんなフェリクス、私は知らない)

子どもの頃の彼も帝国に来たばかりの頃の彼も、もう思い出せなくなりそうだった。


一時間後、お風呂に入って身支度を整えた私は、自室のテーブルを挟みフェリクスと向かい合っていた。

「お、美味しい……ちょっと泣きそう……」

「それは良かった」

テーブルの上には身体に優しい、且つ美味しい料理がずらりと並んでいる。完全に胃の中が空っぽで空腹だったため、食事をする手が止まらなくなっていた。

フェリクスは感動しながら食べる私を楽しげに見つめるばかりで、フォークを持つことすらしない。

（昔も私を見ているだけで満足だと言って、あまり食べないから心配だったけど、すっかり大きくなって……）

小さくて可愛いフェリクスを思い出しながら、焼きたての柔らかいパンを口へと運ぶ。

「ティアナは何が好きなんだ？」

「お肉かしら。特に牛肉」

「酒は？」

「実は一度も飲んだことがないの」

「それなら今度、一緒に飲んでみようか」

それからもフェリクスは、私に沢山の質問をしては嬉しそうに話を聞いてくれていた。

まるで、少し前の私のように。

「これからはティアナのことを、沢山教えてほしい」

「もちろん。フェリクスのことも知りたいし」

「俺を嫌いにならないでくれるのなら、いくらでも」

「…………？」

（どういう意味かしら？　私がフェリクスのことを嫌いになるなんて、不可能に近いのに）

これからはお互いに知らない十七年という長い時間を埋められたらいいなと思いながら、穏やかな時間を過ごした。


食事を終え、お茶を淹れて一息吐くと、私は先ほどの話の続きをすることにした。

食事中は楽しい話だけをしていたかったため、控えていたのだ。

「……私の奪われた魔力が、帝国の呪いに使われているんだと思う。洞窟で結界を通り抜けたことも、呪いが解けるのと同時に魔力が増えたことも、辻褄が合うもの」

最初に呪いが解けたナイトリー湖については、完全に無関係だと思っていたものの、よくよく考えると私の魔力が少し戻った時期と一致している。

ナイトリー湖は一番最初に呪いを受けた地だと聞いているし、呪いに綻びが生じていたのだろう。

集中して全身の魔力の流れを辿ってみても、今はあの時のように浄化できる箇所はない。

やはりあれはイレギュラーな出来事で、呪われた地を直接解呪して回るしか方法はないのかもしれない。

（全ての呪いを解けば、私の魔力も完全に戻るはず）

魔力というのは、成長するにつれて増えていくことが多い。二歳であれほどの魔力量を持っていた私は、本来ならエルセをも凌ぐ大聖女になっていたかもしれない。

更に魔力が回復した今でも、すべての半分にも満たない感覚が何よりの証拠だった。

（――ティアナ・エヴァレットは絶対に、無能な「空っぽ聖女」なんかじゃない）

悔しさや悲しみが込み上げてきて、両膝の上に置いていた両手をきつく握りしめる。

「すべて、シルヴィアや神殿の人間の仕業でしょうね」

まともに喋れもしない二歳の幼子相手なら、魔法や呪いも掛けるのは容易だっただろう。

私には、その記憶すらないのだから。

（その方法と、目的も気掛かりだわ。恒久的に魔力を奪って呪いに変える方法なんて、聞いたことがないもの）

いくら考えても答えなど出るはずもなく、口からは溜め息が溢れた。

同時に虐げられていた日々や帝国で失われてしまったものを思うと、やはり怒りが込み上げてくる。

「エルセを殺したのは、やはりシルヴィアなのかしら」

大量の魔物が集まっていたのも、結界に閉じ込められたのも、間違いなく人為的な魔法によるものだった。

――当時の私はシルヴィアのことを信用していたし、大切な友人だと思っていた。けれど、今の彼女の様子を見る限り、あれほどのことをしてもおかしくはない。

「あれから数えきれないほど調査を続けたが、あの場所から人間の魔力は感じられなかった」

「そうなのね。シルヴィアがどうしてファロン王国へ行ったのかは知ってる？」

「エルセが亡くなってすぐ『この国にいてはエルセのことを思い出して辛くなってしまう』という理由から、血縁者がいる王国へ行ったはずだよ」

なんとも白々しい理由だと呆れてしまう。

やはりシルヴィア本人に、全て洗いざらい吐かせるしかない。

「……とにかく今の私がすべきなのは、帝国の呪いを全て解いて力を取り戻すことだわ」

全ての力を取り戻せばきっと、シルヴィアにも対抗できるだろう。悔しさや怒りを押さえつけて、今は耐える時だと自分に言い聞かせた。

（ファロン神殿側も、帝国の呪いが二ヶ所解けたことには気づいているはず。何もしてこないはずがないし、警戒すべきね）

「ああ。俺にもできる限りのことをさせてほしい」

「ありがとう、頼りにしてる」

赤の洞窟でも、フェリクスの圧倒的な強さと魔法には驚かされた。

もう弟子だなんて思えないくらいだ。

「…………」

「フェリクス？　どうかした？」

そんな中、フェリクスが無言のままじっと私を見つめていることに気が付く。

フェリクスは少し躊躇う様子を見せた後、テーブルの上に何気なく置いていた私の手に、自身の手を重ねた。

「……ティアナにエルセの記憶があることは、誰にも知られないようにしてくれないかな」

「分かったわ。でも、ルフィノなら黙っていてくれるだろうし、協力してくれると思うの」

私に記憶があると広まれば、シルヴィアや神殿がどう動くか分からないし、周りにも混乱を招くはず。

それでもルフィノなら大丈夫だろうと思ったものの、フェリクスは首を左右に振った。

「今はとにかく、誰にも言わないでほしい」

「フェリクスがそう言うのなら、そうするけど……」

「ありがとう」

素直に頷くと、フェリクスはやけに安堵した表情を浮かべた。聖女信仰が強いこの国での影響なども考えた上で、念には念をということなのだろう。

フェリクスには深い考えがあるはずだし、しっかり隠そうと思っていたのに。

「――まさか、前世の記憶があるんですか」

翌日、ルフィノに早速バレてしまうことになる。

幕間　とある聖女のひとりごと

「……ねえエイダ、最近のシルヴィア様ってすごく機嫌が悪いわよね。体調もあまり良くなさそうだし」

「あ、サンドラも思ってた？」

聖女としての仕事を終え、ファロン神殿へ向かう馬車に揺られながら、聖女仲間のエイダへと視線を向ける。

彼女もまた私と同じことを思っていたようで、身を乗り出し、話をしたくて仕方ないという顔をしていた。

「ティアナがいなくなって、少ししてからよね」

「ええ」

──いつも俯いて泣いてばかりで、魔力もなく、何ひとつできない形ばかりの聖女。

ティアナのせいで特別な「聖女」という存在の価値が下がってしまう気がして、その姿が視界に入るたび、苛立ちが収まらなかった。

『まあ、ティアナ。やっぱり無能なお前は、汚い泥まみれがお似合いよ』

『ふふっ、やだあ。顔まで汚れているじゃない』

『……申し訳、ありません』

だからこそ、周りと一緒になってティアナを虐《しいた》げては鬱憤《うっぷん》を晴らしていたのだ。何をしても謝ることしかせず、つまらない反応にまた苛立ちは募った。

そんなティアナが居なくなって、もう三週間が経つ。

無能な「空っぽ聖女」と呼ばれているティアナが居なくなって、最初は誰もがせいせいした気持ちでいた、のに。


『シルヴィア様、肩、どうかされたんですか？』

ティアナが出て行って数日後、シルヴィア様が肩の一部に包帯を巻いていることに気が付いた私は、心配してそう声を掛けた。

『うるさいわね！　黙りなさい！』

『……っ』

すると、まるでティアナに対する時のように怒鳴られきつく睨まれ、言葉を失ってしまう。

シルヴィア様にこんな風に叱られるのは初めてで、私だけでなく隣にいたエイダも息を呑んでいた。

（触れてはいけないこと、だったのかしら）

その後も時折、肩が痛む様子だったものの、私達は余計なことを言わないようにしていた。

それからもずっとシルヴィア様の機嫌は悪いままで、怯えて過ごす日々を送っている。

（……面倒で仕方なかった神殿外の仕事が息抜きになるなんて、想像もしていなかったわ）

「やっぱり、苛立ちを発散するティアナがいなくなったせいなのかしら」

「……それだけとは思えないわ」

ファロン神殿は、シルヴィア様が全てだ。

誰もがシルヴィア様の言葉に従い、彼女の思うままに行動する。だからこそ、シルヴィア様の機嫌が悪いせいで神殿内の空気は張り詰め、息苦しい日々が続いていた。

（どうか私達を可愛がってくださっていた、元のシルヴィア様に早く戻りますように）

そんなことを祈りながら神殿へと戻り、二人で報告に向かう。

まるで王族のように豪華で広いシルヴィア様の部屋にて彼女に跪いた私達は、簡潔に今日の出来事を伝えた。

「ご苦労様、もう戻っていいわよ」

「はい。ありがとうございます」

今日は機嫌が良い方らしく、内心ほっとしながら退室しようとした時だった。

「っぎゃぁあ！　痛い、熱い痛い！　っ痛い……！」

突然シルヴィア様が右足を押さえ、のたうち回るように苦しみ始めたのだ。

痛みからか顔を別人のように歪め、獣みたいな叫び声を上げる尋常ではないその様子に、私達は一瞬固まってしまったものの、すぐに駆け寄る。

「うあぁあ……ぁあ！　痛い、痛い、痛いぃい……！」

「シルヴィア様！　大丈夫です、か――……」

そしてシルヴィア様が両手で押さえる脚を見た途端、私達は揃って息を呑んだ。

そこには先ほどまではなかった、蛇のような漆黒の痣が広がっていたからだ。

(どうして……こんな……)

エイダは両目を見開き口元を手で覆いながら、腰が抜けたのかその場に座り込んでしまう。

そんな私達を突き飛ばすように振り払うと、シルヴィア様は「痛い」「熱い」「死ね」と苦しみながら叫び続ける。

「ティアナの奴……よくも……！　殺してやる！」

やがてシルヴィア様はそう言って、怒りや苛立ちをぶつけるように、痛みを堪えるように何度も壁を殴りつけた。

(……ティアナ？)

何故このタイミングで、ティアナの名前が出てくるのか分からない。

彼女が神殿を離れてから、もう三週間が経つのだ。

「出て行きなさい！　早く！」

「は、はい……」

呆然とする私達に、シルヴィア様は鬼のような形相で怒鳴りつける。私は座り込むエイダの手を引くと、逃げるように部屋を後にした。

「…………」

「…………」

エイダと二人で、無言のまま廊下を歩いていく。

心臓がずっと、大きな嫌な音を立て続けている。

――私達だって、聖女のはしくれなのだ。シルヴィア様の脚に現れた黒い痣が何なのかは、すぐに分かった。

(あれは間違いなく、強い呪いだった)

あの歪さは「呪い返し」と呼ばれるものだろうということも、容易に想像がつく。

それでも、口に出すのは憚られた。

大聖女であるシルヴィア様が呪いを誰かに掛けたなんてこと、あってはならないからだ。

「……っ」

隣を歩くエイダもやはり同じことを察し、同じ気持ちだったのだろう。彼女の肩は小さく震えており、同様に震える両手をきつく握りしめていた。

(一体、何が起きているの……?)

私達には、何も分からない。きっと、何も知らない方がいいのかもしれない。これまで通り何も知らないフリをして過ごすべきだと、本能的に悟る。

祈るように両手を組み、どうかこれまで通りの日常に戻りますようにと、祈らずにはいられなかった。

第七章✴もうひとつの初恋

赤の洞窟から帰還し目が覚めてから、三日が経った。体調も良くなり、これまで通り――ではない日々を過ごしている。

「ティアナ様は本当に本当に、偉大なお方です！」

「ええ、帝国を救ってくださる女神様ですわ」

「そんなティアナ様にお仕えできて、幸せです……！」

今朝も身支度をしている最中、キラキラと憧憬《しょうけい》の眼差しを向けてくるメイド達に囲まれ、落ち着かなくなっていた。

あれからというもの、城中の人々がまるで神の如く私を崇め敬うのだ。

フェリクスが言っていた通り、私が赤の洞窟の呪いを解いたということ、ついでにナイトリー湖の浄化も私の力によるものだという話が、国中に広まっているらしい。

(間違ってはいないんだけど、大袈裟なのよね……フェリクスとルフィノのお蔭でもあるし)

とはいえ、不安に苛まれていた民達の心に希望が差し始めているのは事実で、安堵する。

「ありがとう。これからも帝国の聖女として精一杯努めていくつもりだから、よろしくね」

私の存在が心の安寧に繋がるのならと、否定せず毅然《きぜん》とした態度でいるよう心掛けていた。

その後、朝食の時間になり食堂へ向かうと、そこには既にフェリクスの姿があった。

「ティアナ、おはよう。今日も可愛いね」

「えっ……お、おはよう……ございます」

私の姿を視界に捉えるだけで、それはもう嬉しそうに幸せそうに微笑む姿や、いきなりの甘い言葉に、控えていたメイド達は膝から崩れ落ちかけている。

(ほ、本当にすごい変わりようだわ……少し前までの貼り付けた笑顔が懐かしくなるくらい)

私もあまりの眩しさに、思わず目を細めてしまう。何度顔を合わせても見慣れないほど、フェリクスは超美形なのだ。

――フェリクスはあれから、私への好意を一切隠さなくなった。多忙な中でも毎日時間を作って会いにきてくれ、何よりも大切にされているという実感がある。

(その度に好きだと伝えられて、逃げたくなるのよね)

今や彼の方がずっと大人で上手で、悔しくなる。

最初は幼い弟子だったフェリクスを、異性として見るなんて無理だと思っていたのに。いつしか大人になっていた彼に、ドキドキさせられっぱなしだった。

「実は今週末、少し時間ができそうなんだ。ティアナさえ良ければ一緒に出掛けたいな」

「もちろん。でも、フェリクス様も無理は――」

「ねえ、ティアナ。公的な場でなければ、俺のことはフェリクスと呼んでほしい。距離を感じて寂しくなるから」

「そ、そうなのね！　分かったわ」

（そんな風に言われて、断れるわけがないじゃない！）

お互いに敬語を使うことも無くなり、急に距離が縮まった私達を、使用人達は温かい目で見つめている。

赤の洞窟で私達の絆《きずな》が更に深まり、改めて恋に落ちたという美談も広まっているんだとか。

帝国一の人気を誇る劇団が私達のことを劇にするという話まであるらしく、やめてほしい。

「部屋まで送るよ。行こうか」

「ありがとう」

食事を終えた後はしっかりと手を繋がれ、自室へ送ってもらった。そんな私達を見て、みんな微笑ましいという顔をしてすれ違っていく。

（こんなの全然、今まで通りじゃないわ）

仕事に行くフェリクスを見送ると、私は自室のソファにぽふりと腰を下ろし、息を吐いた。

生活自体はほとんど変わっていないものの、フェリクスの態度が変わるだけで、まるで別物になってしまう。

「陛下はティアナ様を、心から愛されているんですね」

「そ、そうね……」

「お二人の結婚式が本当に楽しみです！　朝から晩まで気合が入りますわ」

「……晩？」

「もう、ティアナ様ったら。言わせないでくださいよ」

数秒の後、ようやく彼女達が何のことを言っているのか理解した。

結婚式の晩にすることと言えば、ひとつしかない。

（わ、私達には関係ないもの。契約書にも白い結婚だって、しっかり書いてあったし）

それでも周りからは、そういう風に見られてしまうのだと思うと、叫び出したくなるくらい恥ずかしくなる。

そんな中、一人のメイドが私のもとへやってきた。

「ティアナ様、ルフィノ様が帰還されたそうです」

「ありがとう。すぐに会いに行くと伝えて」

「かしこまりました」

（よかった！　ようやく直接お礼を伝えられる）

赤の洞窟で別れて以来、彼に会うのは初めてだった。

私は軽く身支度をすると、ルフィノがいるという魔法塔へと向かうことにした。


侍女のマリエルと共に長い廊下を歩いていると、見覚えのある金髪が前方からものすごいスピードでやってくることに気が付く。

「聖女様!!!　おはようございます!!!!!」

「お、おはよう、バイロン」

一番の変化があったのは、バイロンだった。廊下中に響き渡るような大声で挨拶をされ、思わずびくりと肩が跳ねる。

二日前には、これまでの私に対する不躾な態度を許してほしいと、両手と頭を床につけて謝られたくらいだ。

『バイロンは子どもの頃、エルセに救われたことがあるらしいんだ。彼女に憧れて心酔しているからこそ、名ばかりの聖女だったティアナを許せなかったんだろう』

『そ、そうだったのね……』

『悪い奴ではないんだ。どうか許してやってほしい』

フェリクスからはそんな話を聞いており、余計に責める気になんてなれなかった。

（そもそも当然の反応だし、気にしていなかったもの）

「お困りのことがありましたら、いつでも何なりとお申し付けください。全力で対応させていただきますので」

「ええ、ありがとう」

とにかくフェリクスが最も信頼しているバイロンと仲良くなれそうで、本当に良かった。

「聖女ティアナ様だ……！」

「ああ、今日も神々しいお美しさだな」

魔法塔に着いた後は、魔法使い達からキラッキラとした眼差しを全方向から向けられる。

私はそれらしい笑顔を振りまきながら歩き、個室へと案内された。

出されたお茶を飲んでひとり待っていると、数日ぶりのルフィノが中へと入ってきた。

「ルフィノ！」

立ち上がり、駆け寄って彼の両手を握りしめる。様子に変わりはなく、安堵した。ルフィノもまた、少しだけ冷たい手で私の手を握り返してくれ、ほっとした表情を浮かべている。

「あなたが無事で良かったです。呪いを解いてくださり、ありがとうございました」

「いいえ、あなたのお蔭でもあるもの。ルフィノがいなければ不可能だったわ、ありがとう」

微笑み合い、再び椅子に座るよう勧められる。

それからはあの日からのことを、お互いに報告し合った。

帝国の呪いには私の魔力が使われていると話すと、ルフィノは両目を大きく見開いた。

「まさか、そんな恐ろしいことが……」

「私はシルヴィアが怪しいと思うの」

「……あのシルヴィアが？」

ファロン神殿はシルヴィアが実権を握っているため、間違いなく彼女が関わっているはず。

ルフィノは当時のシルヴィアしか知らないようで、信じられないという顔をしていた。彼女は誰よりも温厚で優しくて、明るい人間だったからだろう。

（本当に、まるで別人だもの）

「とにかく今後は、全ての呪いを解くつもりよ」

「分かりました。ぜひ僕にも手伝わせてください」

「ありがとう！　早速フェリクスにも予定を聞いて、次の場所に行く予定を――……」

そこまで言いかけたところで、机の上に置かれていたルフィノの手が小さく跳ねた。

顔を上げたルフィノの金色の瞳と、視線が絡む。

「……陛下と、親しくなったんですね」

「え、ええ。二人で協力して命がけで解呪をして、距離が縮まったというか、遠慮がなくなったというか……」

「そうですか。それは何よりです」

そう言ってルフィノは小さく微笑んだものの、その笑顔は彼らしくないぎこちないもので、どう見ても「良かったね」という雰囲気ではなかった。

（私達が親しくなることで、ルフィノにとって何か不都合なことがある……？）

とはいえ、ルフィノを変に疑うなんてことはないし、何か人間関係などの兼ね合いがあるのかもしれない。

私はやがて、山積みになったままの帝国の『呪い』についての本へと視線を向けた。

「次に呪いを解きに行くのは、どこがいいかしら」

「距離を考えると、ベルタ村でしょうか」

ベルタ村では、呪いにより恐ろしい疫病が流行ったという。被害を広げないため村民達の意志で封鎖され、十年以上もの間、完全に隔離されているらしい。

（赤の洞窟と同様の呪いを受けていたら、きっともう……）

今の村の惨状を思うと、胸がひどく痛む。

絶対に呪いを解き、元のあるべき姿に戻さなければと固く誓う。

「結婚式が終わったら、すぐに向かえるようにしたいわ。流石にまた寝込んで延期させるわけにもいかないし」

「分かりました。陛下と予定を調整してみます」

「ありがとう」

それからはルフィノが選んでくれた本で、ベルタ村についての知識を頭に詰め込んでいく。

「近くの村は無事なのね」

「はい。一時期は呪いの影響を受けていましたが、ベルタ村を封鎖してからは、少しずつ落ち着きました」

村の周りは、何人もの当時の魔法使い達が命を落としながら、命懸けで張った結界で覆われているという。

解呪の際には結界を一度解いて中に入る必要があるため、完全に浄化しきらなければ、再び呪いが広がってしまうだろう。

「チャンスは一度きりで、絶対に失敗はできないのね」

「はい。僕が結界を張っても、長くは持ちませんから」

「……分かったわ」

しっかり対策を立て、準備していく必要がある。

前回のように上手くいくなんて保証など、ないのだから。

「それと、ポーションを作りたいの。魔力も増えたし、使っても一定量まではすぐに回復するみたいだから、活用していこうと思って」

「ぜひお願いします。聖女様以外は中級ポーション以上を作れないので、ありがたいです」

ポーションはいくらあっても困ることはないし、聖魔法属性を持つ聖女が作るものは、圧倒的に質が上がる。

私の身体はひとつしかないため、何かあった時にいつでも駆けつけられる訳ではない。

そんな時、効能の高いポーションは役に立つはず。

「今の魔力の状態は？」

「ばっちり満タンです」

「では、先にポーションを作る作業場へ案内しますね。ベルタ村についての勉強は、いつでもできますから」

ルフィノは私を案内しながら、魔法塔の長い螺旋《らせん》階段を上がっていく。

（えっ、ここって……）

やがて到着したのは、エルセ《私》がいつも使っていた研究室だった。少しだけ鼓動が速くなっていくのを感じながら、足を踏み入れる。

「ここは大聖女エルセ・リースが使っていた部屋です。ポーションを作るための道具も何でも揃っています」

「……そう、なんですね」

室内は驚いてしまうほど、何ひとつあの頃と変わっていなかった。読みかけの本も片付けずにいた道具も、まるでついさっきまでエルセ《私》が使っていたような気さえする。

そして十七年の時が経っているとは思えないほど、綺麗に掃除されていた。半端な状態を維持するなんて手間がかかるはずなのにと、胸が締め付けられる。

「すごく綺麗にされているんですね」

「はい。全て陛下がお一人で管理されているんです。僕以外は誰も入れるなと、きつく言われていました」

「えっ？」

「何より僕もここに入ったのは、十年ぶりなので」

信じられない言葉に、隣に立つルフィノを見上げる。

「……陛下はすごい方ですよ。どんなに忙しくても、何があってもエルセのことを大切にし続けていますから」

ルフィノの優しい声を聞きながら、私は視界がぼやけていくのを感じていた。

あんなにも忙しい中で、こんな部屋の掃除まで一人でしていたなんて、どうかしているとしか思えない。

（……本当に、フェリクスは馬鹿だわ）

きっと今、目の前に彼がいたら、文句を言いながらも抱きしめてしまっていただろう。

無性に、フェリクスに会いたいと思った。

手を伸ばして綺麗なままの道具や本達に触れるたび、また泣きたくなる。どれほど大切にされていたかなんて、分からないはずがない。

「弱い僕は、彼女を忘れようとしていたんです。彼女の故郷にも、一度しか行けなかった」

「………………」

「けれど、陛下はいつだってエルセに対して誠実で一生懸命で、羨ましくもありました」

そして先日、ルフィノがフェリクスに対して『僕もあれくらい、まっすぐになってみたいものです』と言っていた理由が分かった気がした。

（……私は自分が思っていた以上に、多くの人の心に傷を残していたのかもしれない）

「すみません、あなたにこんな話をしてしまって。ポーション用の薬草を取ってきますね」

「え、ええ。お願い」

「道具はすべてそこに揃っていますので」

ルフィノは困ったように微笑むと部屋を出ていき、私は鍋や道具がある場所へと向かう。

それらも全て綺麗に保管されており、小さく笑みが溢れた。

「わあ、懐かしい」

そんな中ふと、棚の上に木の置物があることに気が付いた。確かルフィノのもので、つい欲しいなあと口にしたところ、すんなりとくれた記憶がある。

この小さな動物達が並ぶ可愛らしい木の人形は魔力を込めると、音楽を奏でながら一定の時間を掛けて台座の上で回るというものだった。

ポーションを煮込む際に時計代わりに使っていたことを思い出し、手に取ってみる。

「まだ使えるかしら？」

そっと中心の木に指先を当て、ほんの少しの魔力を流し込む。すると以前とはズレた音を奏でながらも、ゆっくり回り始めた。懐かしい音色に、心が安らぐ。

可愛いなあ、と懐かしんでいた時だった。

「――どうして」

いつの間にか戻ってきていたルフィノは、私と手元の人形を見比べ、言葉を失っていた。

その様子から、只事《ただごと》ではないことを悟る。

「ど、どうかした？」

「……その人形は僕の故郷のもので、僕はたった一人にしか使い方を教えていないんです」

「えっ？」

「彼女は何も知らないままその人形を欲しいと言ったけれど、本来は幼い子どもが初恋の相手に贈るものなんです。くだらないと分かっていても、僕は他の誰にも使い方を教えなかった」

自嘲するように笑うルフィノに、私は何も言えなくなってしまう。

もちろん、初めて聞いたからだ。

私はよくある人形だと信じて疑わなかったし、ルフィノは「もちろん、どうぞ」とあっさりくれたからこそ、そんな思い入れのある品だなんて思っていなかった。

（そんなの、言われなければ分かるはずがないもの）

「どうしてあなたが、使い方を知っているんですか」

「それは、その……」

まさかこんな置物から正体を疑われるなんて思っておらず油断していた私は、適当な言い訳も思いつかない。

たとえ思い付いたとしても、縋るような眼差しを向けるルフィノに、嘘などつけなかった。

「――まさか、前世の記憶があるんですか」

真実を言い当てられどきりと心臓が跳ねたものの、同時に違和感を覚えてしまう。

前世の記憶があるという言い方は、私がエルセの生まれ変わりだと確信した上での言葉に聞こえたのだ。

「僕の瞳が特別なのは、覚えていますか」

不意にそう尋ねられた私は、目を伏せながら思い出す。

彼の瞳は魔法使いの魔力属性が見える特別なものであり、火魔法なら赤、水魔法なら青といった色に映るのだと。

ルフィノは帝国の魔法学園に毎年出向き、新入生の属性を告げる役割を務めていたはず。そこで新入生達は皆ルフィノに憧れ、魔法使いのエリートである魔法塔の所属を目指すのだ。

以前、若い素晴らしい人材が毎年来てくれるからありがたいと言っていた記憶がある。

（それが今の話と、何の関係があるのかしら）

疑問が顔に出ていたのか、ルフィノは続けた。

「……この国では誰にも言っていませんでしたが、僕には魂の色も見えるんです」

「えっ？」

やがて告げられた言葉に、私は息を吞む。もちろんこちらも初耳で、驚く私を見てルフィノは柔らかく目を細めた。

「魂の色は誰もが違い、全く同じものはないそうです。ただ大半の人は同じような色で、正直見分けはほとんど付きません」

「…………」

「だからこそ、その色が見えたところで何の役にも立たないので、ずっと黙っていました」

数多の人間が存在する中、すべての魂の色の違いを見分けるなんて、不可能なはず。

それならば私もその色からバレることはないだろう、と淡い期待を抱いた時だった。

「でも、あなたは違う」

ルフィノははっきりと、そう言ってのけた。

「そもそも聖女は普通の人間と輝きが違います。その中でもエルセは、太陽のように眩しい黄金色でした。あんなにも綺麗な色を、僕は見たことがありません」

「…………」

「そして、あなたも全く同じ色をしているんです」

言葉を失う私に、ルフィノは続ける。

「僕があなたの色を、見間違うはずがない」

「……っ」

迷いのないルフィノの様子に、やはり隠すなんて無理だったと悟る。

そしてようやく、これまで不思議に思っていたルフィノの言葉にも納得がいった。

『……あなたはやはり、変わりませんね』

『絶対に大丈夫ですよ、あなたなら』

『あなたなら、何かを変えてくれると思ったので』

ルフィノは私を一目見た瞬間から、エルセ・リースの生まれ変わりだと気が付いていたのだ。

それでも、前世の記憶まで引き継いでいるとはルフィノも思わなかったのだろう。

『……どんなにすごい魔法が使えたとしても、人間は簡単に死んでしまいますから』

これまでルフィノがどんな気持ちで私と過ごしていたのかと思うと、胸が締め付けられる。

(フェリクスには申し訳ないけれど、ルフィノにはもうこれ以上隠したくない)

そう思った私は、両手を握りしめると顔を上げた。

「……ルフィノ、ずっと隠していてごめんなさい。私にはエルセとしての記憶があるの」

私の言葉に、ルフィノの金色の瞳が揺れる。

「帝国へ向かう途中に殺されかけた時、前世の記憶を思い出して……けれど今の私はティアナだし、一度死んだ人間が名乗り出るのは何か違う気がして黙っていたの。結局、赤の洞窟でフェリクスにはバレちゃっ――」

ルフィノに腕を掴まれたかと思うと、視界がぶれる。気が付けば私は、ルフィノの腕の中にいた。懐かしい優しい花の良い香りに、どきりとしてしまう。

「……申し訳、ありません。ほんの少しだけ、こうしていてもいいですか」

少しだけ震える声に、腕に、胸が締め付けられる。

「ずっと、後悔していたんです。あの日、僕も一緒に森へ行くはずだったから」

私が死んだ日、ルフィノも一緒にフェリクスに魔法を教える予定だったことを思い出す。

けれど直前で急用が入り、行けなくなってしまったのだ。

「あの時、突然入った予定はきっと、あなたから僕を引き離すための口実でした」

いざ呼ばれた場所へ行くと、そんな予定はないと言われたらしい。

急いで戻ってきた時にはもう、私は命を落としていたという。

(私達をよく知る――それも内部の人間の仕業ね)

優しいルフィノはきっと、あの場に自分がいたら、と責任を感じていたのだろう。フェリクスといい、誰も気に病む必要などないけれど、そうはいかないものなのかもしれない。

(もしも私が遺《のこ》された側の立場だったら、同じ気持ちになっていたはず)

「ルフィノが気にすることなんて、何ひとつないわ」

私は彼の背中に腕を回すと、子どもをあやすようにとんとんと広い背中を撫でた。

今の私にできるのは、少しでもルフィノの罪悪感を減らすことくらいだろう。ごめんねと何度も繰り返すと、背中に回された腕に込められた力が強くなる。

「事故でも偶然でもなく、確実に私を殺すためのものだったんだもの。あの日ルフィノが来ていたとしても、別の機会に同じ目に遭わされていただけよ」

「でも、僕は――……」

「それに私ね、もちろん犯人には腹が立つけど、割と満足した気持ちで死んでいったの。何よりこうして生まれ変われたんだから、気にする必要なんて全くないわ」

何も言わないルフィノに「ね？」「そんなに気にするなら一緒に犯人を捜してくれない？」「返事は？」と畳み掛けるように尋ねれば、小さく笑ってくれる。

ルフィノは昔から、私のこういう態度に弱かった。

「……本当に、あなたは変わりませんね」

「そう？　今世の方がだいぶ丸くなった気がするわ」

記憶を取り戻すまでの性格がかなり控えめだった分、これでも相当落ち着いた気がする。

前世の私は大聖女という立場でありながら、かなり好き勝手していたように思う。

「でも、お蔭で気持ちが軽くなりました。あなたの最期の姿を見た時には、立ち直れなくなりそうでしたから」

「た、確かにあれは後味が悪そう……ごめんなさい」

全身ボロボロで血塗れだった上に、フェリクスの炎龍の呪いを全て引き受けたのだ。

正直、死体の中でも悲惨な方だったに違いない。特に幼かったフェリクスにとっては、トラウマものだろう。

「とにかく、ルフィノにまた会えて嬉しいわ。どうかこれからもよろしくね」

「はい、もちろん。僕も本当に嬉しいです」

いつも通りの声のトーンに戻り、少しだけほっとする。こうして話をしたことで、ルフィノの心が少しでも軽くなるのを祈るばかりだった。

(フェリクスにも、後でルフィノにはバレちゃったって伝えないと。そもそも、一番最初に気が付いたのはルフィノだったわけだし)

そろそろ離れた方が良いだろうと、ルフィノの胸元にそっと手を当てた時だった。

「……何を、しているんですか」

不意にドアが開く音がして、直後室内に響いた聞き慣れた声に、私はなんてタイミングだと内心頭を抱えた。

「フェリクス、これは、その……」

色々と仕方なかったとはいえ、もうすぐ結婚する立場である上に、私を好きだと言ってくれているフェリクスにこの状況を見られてしまったのは、かなり気まずい。

フェリクスの眼差しはやはり冷たいもので、慌ててルフィノから離れる。

「二人はこの部屋で何を?」

「ポーションを作ろうと思ったの。そうしたら、私がエルセ・リースの生まれ変わりだって、ルフィノが気付いていたことを知って……」

その上で前世の記憶があると自ら話したことを正直に告げると、フェリクスは目を見開く。

そんな中、ルフィノは静かに頭を下げた。

「申し訳ありません。全て僕が勝手にしたことです」

「……どうか顔を上げてください」

フェリクスはそれだけ言うと、小さく微笑んだ。

「再会できて、懐かしむのは当然ですから」

「ありがとうございます」

それから二人は仕事についての話をし、フェリクスの様子もいつも通りで、ほっとする。

「では結婚式が終わり次第、すぐに三人で向かえるよう、こちらでも準備をしておきますね」

「ありがとうございます。よろしくお願いします」

（フェリクス、怒ってないわよね……？　良かった、私ってば自意識過剰だったみたい）

「それでは、僕はそろそろ失礼します。――ティアナ」

「うん？」

「薬草はここに置いておくので、何か分からないことがあればいつでも呼んでください」

「ええ、ありがとう」

ルフィノは柔らかい笑みを浮かべ、部屋を出て行く。

ドアが閉まる音を聞きながら、これまでとは違い『ティアナ』と呼ばれたことに少しの戸惑いを感じていた。

（でも、元々エルセと呼んでくれていたし、『様』なんてお互い落ち着かないもの）

ルフィノにはバレてしまったものの、これまで通りに過ごせそうでよかったと安堵する。

そしてフェリクスに、この部屋についての感謝と先ほどの謝罪を伝えようとした時だった。

「俺ももう行くよ」

彼はすぐに私に背中を向けると、そのまま部屋を出ていこうとする。

「ねえ、フェリクス！　待って」

嫌な予感がして慌てて追いかけ、フェリクスの前に立つ。

顔を見ようとしても、ふいとやはり不自然に顔を背けられた。

（やっぱり、フェリクスは怒っているんだわ）

「ごめんなさい、私が――」

「ティアナが謝る必要なんてないから、気にしないで」

声も言葉もいつも通りだけれど、絶対に嘘だ。

思い返せば彼が室内に入ってきてから、一度も視線が絡むことはなく、私の方を一切見ていなかったことにも今更になって気が付いた。

「ねえ、私の目を見て」

「…………」

「フェリクス、お願い」

こういう時は関係が悪くなってしまう前に、必ずその場で目を見て話をして解決すべきだというのが、昔からの私の信条だった。

だからこそ、フェリクスの両腕を掴んだのだけれど。

「……俺はこのまま、出ていこうとしていたのに」

「――え」

「あなたが悪い」

手を振り払われ両肩を掴まれた私は、フェリクスによってドアに押しつけられていた。

整いすぎたフェリクスの顔が目の前にあって、息を呑む。

（やっぱり、怒っているじゃない）

フェリクスは怒っているような、傷付いているような顔をしていた。

「……ルフィノ様とティアナが抱き合っているのを見てから、頭がおかしくなりそうなんだ」

フェリクスはそう言うと、私を抱き寄せ「ごめん」「好きなんだ」と繰り返した。

好かれているのが彼の全てから強く伝わってきて、顔が熱くなる。

「あの、フェリクス、ごめんなさい」

「謝らないでほしい。ティアナは悪くない」

「でも……」

「全部分かってるんだ。俺に何かを言う権利なんてないことも、形だけとはいえ俺達がもうすぐ結婚する中で、ルフィノ様がこれ以上あなたに近付かないことも」

フェリクスは「それでも」と続ける。

「どうしようもなく嫉妬して腹が立って、不安になる。ルフィノ様は俺より大人で完璧で、素晴らしい人だから。怖いんだ」

私がルフィノを好きになることを、フェリクスはひどく恐れているようだった。

──フェリクスは子どもの頃から、ルフィノに対して憧れを抱いていたことを思い出す。

（けれど、ある日からルフィノとの練習を嫌がったり、ルフィノの話をすると拗《す》ねたりするようになった覚えがある）

もしかするとフェリクスは、その時にはもう私のことを好いてくれていて、焼きもちを焼いていたのかもしれない。

悲しませてしまった罪悪感はあるものの、フェリクスが愛おしく可愛く思えて、私は彼の頬に手を伸ばした。

柔らかな黒髪を撫でれば、フェリクスはやっぱり拗ねたような顔をしてみせる。

「……絶対に俺のこと、子どもだと思ってる」

「思ってないわ。それに私とルフィノは、そういうのじゃないから大丈夫よ。ごめんなさい」

「ティアナがそう思っていても、ルフィノ様は違うかもしれない」

疑り深いフェリクスは頭を撫でていた私の左手を掴むと、自身の口元へと持っていく。

「ま、待って」

「待たない」

やがて手の甲に柔らかいものが触れて、動揺した私は思わず一歩後ずさる。

けれど許さないとでも言うように、フェリクスはもう一方の手で私の腰を引き寄せた。

「でも、俺が世界で一番好きだから」

そして告げられた言葉に、流石の私ももう限界だと逃げ出したくなる。

フェリクスのその愛の言葉に嘘がないということを、心底実感させられていたからだ。

――ロッドのことも、この部屋のことも。フェリクスが十七年という長い年月の間、大切に想ってくれていたことを知るたび、心が動かないはずなんてなかった。

『……陛下はすごい方ですよ。どんなに忙しくても、何があってもエルセのことを大切にし続けていますから』

『陛下はいつだってエルセに対して誠実で一生懸命で、羨ましくもありました』

忘れる方が簡単で楽なはずなのに、フェリクスはエルセ《私》の死に対する悲しみも辛さも全て抱えた上で、ずっと向き合ってくれていたのだから。

(私は本当に、幸せ者だわ)

火照る頬や普段よりも速い鼓動の音を感じながらも、私は彼の口元にあった手のひらを、頬へと滑らせた。

「……ありがとう、フェリクス。私、フェリクスにもう一度会えて本当に良かった」

私を誰よりも想ってくれていると知れたことも、こんなにも立派で素敵な大人の男性になった、フェリクスの今の姿を見られたことも。

ファロン神殿であんなにも辛い日々を送っていた私が、今こうして何の不自由もなく幸せに暮らせているのもすべて、フェリクスのお蔭だった。

「フェリクス？」

「……俺だって、ずっとそう思ってる。未だに夢なんじゃないかと不安になるくらいには」

私の肩に顔を埋めると「嬉しくて泣きそうだ」なんて言うものだから、笑みがこぼれた。

「この部屋のことも、本当にありがとう」

「重いとか気持ち悪いとか、思ってないだろうか」

「まさか。すごく嬉しかったわ」

「良かった」

ほっとしたようなフェリクスの屈託のない笑顔に、また小さく心臓が跳ねる。

（フェリクスが笑うと、私も嬉しくなる）

この胸の高鳴りに少しの予感を抱きながら、これからもフェリクスの側にいたいと思った。

聖女として、次期皇妃として忙《せわ》しない日々を送り、あっという間に結婚式の日を迎えた。

「き、緊張してきたわ……」

「ティアナ様、本当にお美しいです」

「ええ、世界一です！」

大聖堂にて純白のドレスに身を包んだ私は、身支度を整えられながら、落ち着かない時間を過ごしている。

（形だけのものだと分かっていても、ドキドキする）

全ての支度を終えた頃、控室へフェリクスがやってきて、彼は私を見るなり足を止めた。

そして口元を手で覆い、その頬は赤く染まっている。

「……とても綺麗だ」

「ありがとう。あなたも素敵すぎるわ」

同じく純白の正装に身を包んだフェリクスは絵本に出てくる王子様のようで、眩しさに思わず目を細める。

フェリクスは私のもとへやってくると手を取り、忠誠を誓うように目の前に跪く。

「限りある形だけの結婚だとしても、俺はティアナを何よりも大切にすると誓う」

「ええ。私もフェリクスとこの国のために、できる限りのことをすると誓うわ」

私達の結婚は永遠の愛を誓うものではないけれど、代わりにそれぞれ誓いを立てる。

「我が国へ来てくれてありがとう、ティアナ」

「こちらこそ」

その後は大聖堂で挙式を行い、王都の街中でパレードをして、多くの民達から祝福された。

「ご結婚、おめでとうございます！」

「皇帝陛下万歳！　皇妃様万歳！」

フラワーシャワーが降りしきる中、沿道を埋め尽くす人々はみんな希望に溢れた笑顔で、この結婚は間違いではなかったのだと実感する。

それでもまだ、苦しむ多くの人々がいるのも事実で。笑みを浮かべて手を振りながら、この国の民全てが心から笑える日が来るよう、祈らずにはいられなかった。


パレードを終えた後は、フェリクスと共にダリナ塔へとやってきていた。

初代皇帝が皇妃のために建てたと言われるこの塔は、帝国で一番高い建築物であり、代々皇帝と皇妃はここで夫婦の誓いを立てることとなっている。

もちろんその存在は知っていたけれど、こうして中へ入るのは初めてだった。

「ええと、ここに魔力を注げばいいの？」

塔の最上階には石碑があり、ここに誓いを立てて二人で魔力を注ぐと聞いていたのに。

「何もしなくていいよ」

「えっ？」

「ここで誓いを立ててしまえば、ティアナは俺以外と二度と結婚できなくなるから」

かなり強い効力のある誓約魔法らしく、フェリクスは困ったように微笑んだ。

私達がここで誓いを立てなかったとしても誰にも分からないため、二人でここに来るだけで十分だという。戸惑う私にフェリクスは「でも」と続けた。

「いずれ全ての呪いを解き国が安定した後も、俺と一緒にいたいと思ってくれた時には、またこの場所へティアナと共に来られたら嬉しい」

「……うん」

――いつだって私の気持ちを優先してくれるフェリクスは優しすぎると、改めて思う。

私は深く頷くと「ありがとう」と微笑み、フェリクスの手を取った。すぐに握り返された彼の手の温もりに、胸の奥が温かくなっていく。

やがて私達は手を繋いだまま、塔から外を見下ろす。

この場所からは美しい夕日と帝国の領土が一望でき、その壮観な景色に思わず息を呑む。

けれど私が知る過去の風景とは、やはり違う。

あちこちに呪いの影響がはっきりと見て取れ、胸が痛んだ。

「……私ね、リーヴィス帝国が好きなの。エルセとして生まれ育ったこの国の人々も自然も、全てが大好きで、大切だわ」

隣に立つフェリクスは私の言葉に対し、ひどく優しい声で「ああ」と相槌を打ってくれる。

「奪われた力を取り戻して、今度こそ大勢の人を救いながら、この国で生きていきたい」

私がティアナ・エヴァレットとして――再び聖女として生まれ変わったことには、きっと意味があるはず。

「こんな私だけど、これからも力を貸してくれる？」

「もちろん。それは俺の願いでもあるから」

フェリクスは頷くと、私の手を握る手に力を込めた。

「エルセが救ってくれたこの命は、あなたのものだ」

「もう、大袈裟だわ」

笑い合い、橙色《だいだい》に染まる景色へと再び視線を向ける。

（フェリクスと一緒なら、絶対に大丈夫）

この胸の中には、そんな確信がある。

——必ず全ての呪いを解き、元の美しい帝国を、そして私が奪われたものを全て取り戻してみせると、心に誓った。

かきおろし1

今までも、これからも

ある日の昼下がり、自室で読書をしていたところ、フェリクスがやってきた。

「ごめんね、突然。少し時間ができたから、一緒に散歩でもしたいなって」

「もちろん！　今日は天気が良いし、私もそうしたいなって思っていたの」

仕事の合間を縫ってお誘いをしにきてくれたらしく、嬉しくなる。

すぐに本を閉じ、立ち上がった私は上着を羽織ると、すぐにフェリクスのもとへ向かった。

「良かった。行こうか」

「ええ」

するりと手を繋がれ、心臓が跳ねた。昔はいつも当たり前のように手を繋いでいたのに、今ではフェリクスの顔を見られなくなってしまう。

そんな私を見て、フェリクスはふっと口元を緩めた。

「自然にしていないと、周りからは円満に見えないよ」

「あっ、そうよね！　ごめんなさい」

慌ててなんとか平静を装い、フェリクスの手を握り返して廊下を歩いていく。

すれ違う使用人はみな、私達の姿を見ては嬉しそうに微笑み、頭を下げている。やはり皇帝と皇妃が円満な関係というのは、安心するものなのだろう。

「私とフェリクスが仲良さそうにしていると、みんな喜んでくれるものね」

「そうだね。前皇帝があの様子だったし」

「た、確かに……」

あのタヌキ親父――前皇帝はどうしようもない女好きで、先代の皇妃様と不仲だというのは誰もが知る話だった。

フェリクスと前皇帝は全く違うどころか比べものにもならないけれど、少しでも皇室の印象を良くしたいと思った私は、繋がれていた手を見せつけるように持ち上げた。

「これからも上手くやるから、安心して！」

そもそも今の私達は本当に仲が良いし、肩肘を張らずともこうして普通に過ごしているだけでも十分な気がする。

「まあ、これは俺がティアナと手を繋ぎたいだけなんだけど」

そうして話をしているうちにようやく心臓が落ち着いてきたのに、フェリクスがそんなことを言うものだから、またそわそわしてしまった。


やがて広大な庭園に到着すると、美しく整えられた草木や花々が出迎えてくれた。

しっかりと手を繋いだまま、二人でゆっくりと歩いていく。

「本当に綺麗だわ。庭師の腕が良いのね。それに、私の好きな花ばかり」

「そうさせているからね」

「えっ？」

話を聞いてみると、なんとこの庭園はエルセ《私》が好きだと言っていた花をメインに、私をイメージして作らせたのだという。

（あの頃もよく二人で庭園を散歩したものね）

私好みなのも当然だと納得しつつ、フェリクスがずっと私を大切に想っていてくれたのが伝わってきて、胸が温かくなった。

「すごく嬉しい。これからも一緒に、たくさんここに来ましょうね」

「……ありがとう」

繋いでいた手に力が込められ、照れているのが伝わってきて、口元が緩んだ。


それからは二人で他愛のない話をたくさんしながら歩き、庭園内にあるガゼボでお茶をしながら休むことにした。

今日は少し暑くて、扇子でぱたぱたと軽く首元をあおぐ。

フェリクスもシャツの胸元を開《はだ》けており、きらりと何かが光ったのが見えた。

「そのネックレス、ずっとつけてくれているのね」

「うん。俺の宝物だから」

真っ赤な宝石には見覚えがあり、すぐにエルセ《私》がつけていたものだと気付く。

フェリクスは過去を懐かしむように微笑むと、肌身離さずつけているのだと教えてくれた。

「でもエルセも大切にしていたものだし、返した方がいいかな」

「ううん、私はフェリクスにつけていてほしいわ。ありがとう」

こんなにも大切にしてもらえて、嬉しくないはずがない。だからこそ、先日の出来事を思い出し、申し訳なさでいっぱいになった。

「そういえば、ロッドのこともごめんなさい。今思い返しても、あまりにも勝手だったわ」

仕方のない事だったとはいえ、彼が最も長く過ごすであろう執務室に大切に飾ってくれていたのに、勝手に持っていって跡形もなくしてしまったのだ。

フェリクスは責めなかったけれど、間違いなくショックだったはず。

「ううん。それにエルセの物なら、他にもたくさん持っているから気にしないで」

「そうなのね、それならよかっ――えっ？」

ほっとしたのも束の間、気になる言葉があった。

「他にも、たくさん？」

「エルセの遺品はほとんど俺が持っているんだ。今もずっと」

「ええっ」

てっきりネックレスとロッドだけだと思っていた私は、戸惑いを隠せなくなる。

なんとエルセ《私》の部屋にあったものは、ほとんどフェリクスが保管してくれているのだという。

「あの、ほとんどっていうのは、どこまで……」

もちろん嬉しいけれど、こそこそと夢みがちなことばかり書いていた日記帳などは見られていないだろうかと心配になる。

「貴金属や魔道具、ペンや本とかかな。結構細かいものまであるよ。エルセの侍女が片付けをして俺のもとに持ってきてくれたんだけど、気持ち悪いよね。勝手なことをしてごめん」

「う、ううん！　そんなことはないの！」

私をよく知る侍女達が片付けてくれたのなら、恥ずかしいものはきちんと処分してくれているはずだと、胸を撫で下ろした。

まさか突然命を落とすとは思っていなかったし、今後は気をつけようと決意する。

「でも、私は高価なものなんて持っていなかったから、がらくたばかりでしょう？」

「俺にとっては全てが大切で、かけがえのないものだよ」

はっきりとそう言ってのけたフェリクスに、「もう」とまた笑みがこぼれた。

お茶を終えた後は、エルセ・リースの私物を保管するためだけの謎の部屋があるらしく、見にいくことになった。

「ティアナがまだ使いたいものがあれば、すべて持っていって」

「ありがとう。でも、フェリクスはいいの？」

そう尋ねると、フェリクスは深く頷いた。

「うん。今はティアナがいるから、もう大丈夫」

前向きな笑顔のフェリクスにつられて、笑顔になる。

そうして例の部屋へ向かい再び手を繋いで歩いていく途中で、私はふと、とんでもないことを思い出してしまった。

「あ、あの……もしかして、私がフェリクスの描いてくれた似顔絵や手紙を全て、長文感想メモ付きで保存していたこともバレた……？」

「うん。すごく嬉しかったな」

「いやあああ……」

あまりにもフェリクスが可愛いせいで、あの頃の私はどうかしていたと思う。

（だってとても上手に一生懸命描いてくれて、泣いてしまうくらい嬉しかったんだもの）

それこそ私のメモだけは燃やして処分しておいてほしかったのに、フェリクスは大切に保管してあり、年に何度も見返しているという恐ろしい話まで聞かせてくれた。

「ひ、引いたでしょう？」

「まさか、逆だよ。エルセは俺のことを好いてくれていたんだなって、実感した」

まごうことなき事実だけれど、こうして言葉にされると恥ずかしくなる。

「フェ、フェリクスこそ」

「もちろん。俺は大好きだよ、今も昔も」

「……っ」

そして苦し紛れに余計なことを言ってしまい、素直すぎるフェリクスによって余計に私は羞恥で苦しむ羽目になってしまった。

「大丈夫、俺の方がずっと好きで、恥ずかしいことをしてるから」

「うう……」

顔が赤くなっているであろう私に、フェリクスは笑顔でフォローという名の追い討ちをしてくれる。もう本当に許してほしい。

——結局、私達は似たもの同士で、いつだってお互いに大切なのだと実感した一日だった。

かきおろし２

穏やかではない休日

結婚式を終えてから、もう三日が経つ。

フェリクスといつものように二人で朝食をとっていたところ、今日の予定を聞かれた。

「魔力がまだ有り余っているからポーションを作るつもりよ。それと、ルフィノがたくさん良い本を取り寄せてくれたから、色々と勉強をしようかと思ってるわ」

正直に答えたところ、フェリクスは大きな溜め息を吐いてみせた。

「ティアナ、たまには休んでくれないか」

「私もそうしたいんだけど、なんだか落ち着かなくて……」

ファロン王国の神殿では休みなく、毎日朝から晩までこき使われていたのだ。

そして赤の洞窟である程度の魔力を取り戻してからというもの、使わないともったいない気がして、つい働きっぱなしだった。

最初は今世こそのんびり過ごしたいと思っていたのに、誰かの助けになれるというのはやはり嬉しいもので。結局、休みらしい休みなんて全くない状態だった。

「これからまた忙しくなるんだ、休める時に休んでほしい」

まるで幼い子どもに言い聞かせるような口調で、フェリクスは続ける。

「とにかく今日一日、何もしないように。絶対だよ」

「は、はい……」

笑顔のフェリクスの圧に屈し、こくこくと何度も頷く。そんな私を見て、フェリクスは満足げに形の良い唇で弧を描いた。

そうして仕事に向かったフェリクスを見送った私は「よし」と呟いた。

（確かに休息も大事よね。いざという時、倒れては困るもの）

王国での過労や栄養不足の生活のせいでまだまだひ弱で体力もないし、気をつけなければ。

そんなことを考えていると、前世ではよく滋養強壮に良い薬を作っていたのを思い出す。

大聖女だった頃は他人の魔力を吸収し、長時間治癒魔法を使うというかなりの無理をしていたため、日課のように飲んでいたのだ。

死ぬほど不味《まず》いものの、身体には間違いなくいい。

なるべくなら飲みたくないけれど、体調を崩してフェリクスに心配や迷惑をかけるくらいならと思い、久しぶりに飲む決意をする。

「ねえ、マリエル。少し魔法塔へ行ってくるわね」

自室に戻って身支度を整え、マリエルに声をかける。

すると彼女は何故か、眉を寄せた。

「……お仕事をされるわけではないですよね？」

「ち、違うわ！」

どうやらフェリクスはマリエルにも監視をさせているようで、疑いの眼差しを向けられる。

いつも魔法塔にある自身の研究室で作っていたため、なんとか目的を説明して許しを得ることができ、ほっと胸を撫で下ろした。


魔法塔へ行くと、すぐにルフィノが出迎えてくれた。

「こんにちは。どうされました？」

「突然ごめんなさい。実はあの薬を作りたいんだけど……」

「ああ、あれですね。お疲れなんですか？」

ルフィノにはそれだけで伝わるのがなんだか懐かしくて、嬉しくなる。

「そういうわけじゃないんだけど、健康のために」

「そうでしたか。僕もあなたにはずっと元気でいてほしいですから、ぜひ」

まずは材料が必要だろうと、すぐにルフィノは薬剤庫へ案内してくれた。

「お好きなものを好きなだけ使ってください。身体に良い薬なども色々あるので、気になるものがあれば。作業をひとつ終わらせてからまた来ます」

「ええ、ありがとう」

普通ならこんな場所に魔法塔外の人間を置いていくなんてあり得ないのだけれど、私を信頼してくれているからこそだと思うと、笑みがこぼれた。

「ええと……この薬草と、樹液と……」

早速棚から必要な材料を取っていく中で、かなり気になる小瓶を見つけてしまった。

「仕事を強制的に休む薬……？」

明らかに怪しいラベルに、首を傾げる。もちろんそんなもの、聞いたことがない。

とはいえ、しっかり管理されている薬剤庫にあるものなら安全は確証されているはず。数十年前にも「眠くなる薬」や「空腹を抑えられる薬」などがあったし、その亜種だろう。

（やる気が出なくなる効果とか？　今の私にぴったりじゃない）

裏を見てみると、効果は一粒で一日と書いてあった。

休みの今日ならちょうどいいし、軽い気持ちで小瓶を開けて飴玉のような桃色の粒をひとつ口の中に放り込んでみる。

やけに甘ったるい味がして、お菓子みたいだと思いながら舌の上で転がしていると、不意に心臓が大きく波打った。

「うっ……」

思わずきつく目を閉じ、胸元を押さえてしゃがみ込む。一体どうしたんだろうと冷や汗をかいたものの、すぐに息苦しさは収まりほっとする。

そして目を開けた私は、自身の身に起きた異変に気が付いてしまった。

「……う、うそでしょう」

目線がやけに低い位置にあり、慌てて見た自身の手のひらもやけに小さくて、ぷにぷにとしていたのだ。身体も小さな子どものものになっていて、すぐに何が起きたのかを察する。

（なるほどね。仕事を強制的に休む薬って、そういう……）

幼児化する薬の存在は知っており、すんなり現実を受け入れることができた。効果が短いというのも、落ち着いていられた理由のひとつだろう。

子どもの姿になってしまえば、仕事どころではない。それならそうと書いてほしい、なんて遠回しで分かりにくくて最悪なラベルだろうと、溜め息を吐く。

「すみません、お待たせしました。……ティアナ？」

そんな中、薬剤庫へ戻ってきたルフィノは小さくなった私の姿を見て、目を瞬《またた》いている。

とはいえ、すぐに私と分かったらしく困ったように微笑んだ。

「どうしてこんな姿に？」

「実は――」

それから今しがた飲んだ薬について話すと、ルフィノは納得した様子で笑ってみせた。

「すみません、以前こちらを管理していた人間が変わり者で厄介な表記をしがちで……魔法塔の人間は彼の書いた文字がある薬の使用は避けるのですが、説明しておくべきでした」

「ううん、確認しなかった私が悪いもの」

昔は薬剤庫の管理もしていたため、ついその頃の感覚でいたのだ。これからは気をつけようと反省しつつ、ずるりと肩から落ちた服を慌てて掴む。

どういう仕組みなのか服もある程度一緒に小さくなっていたものの、少し大きい。

今の私は四、五歳くらいの姿らしく、やけに喋りにくいのも納得だった。

「ひとまずしばらくはその姿でしょうし、場所を変えましょうか。着替えも用意しないと」

「そうね、ありがとう」

この姿ではもう、薬を作るどころではない。

本当に強制的に何もできなくなったと、苦笑いがこぼれた。

「ティアナの部屋まで、僕が抱いても？」

「え、ええ。ごめんなさい」

ルフィノは自身の首にかけていた長い赤いストールを私の身体に巻きつけると、まるで赤ん坊のおくるみのような状態にし、抱き上げてくれた。

（は、恥ずかしい……ルフィノから見れば今の私なんて幼児そのものなんでしょうけど）

そのまま人目を避けるように魔法塔を出ると、ルフィノはほっとした表情を浮かべた。

「流石にこんな姿を見られれば、聖女様の威厳が損なわれてしまうかもしれませんから」

「うっ……おっしゃる通りで……」

ルフィノがいてくれて本当に良かったとほっとしていると、じっと至近距離で顔を見られていることに気が付いた。

「どうかした？」

「いいえ、とても愛らしいなと。天使のようです」

私が二歳の頃、ファロン神殿へ聖女として連れて行かれた頃はまだ魔力量も潤沢だったこともあって、天使だと持て囃されていたのを思い出す。

(確かに子どもの頃の私、それはもう可愛かったのよね)

こんな姿でも褒められるとやはり嬉しいもので、ルフィノへ笑顔を向けた。

「ありがとう、嬉しいわ」

「……っ」

「ルフィノ？」

すると何故かルフィノは私から目を逸らし、何度か深呼吸を繰り返す。

「すみません、自制心と戦っていました」

「じせいしん？」

何だろうと首を傾げていると、ルフィノは「こちらの話です」と困ったように微笑んだ。

「そろそろ王城に着くので、少し隠れていてくださいね」

ルフィノはそう言い、ストールでそっと私の身体をまるごと隠した。私も大人しく身体を小さく丸め、必死に姿が見えないようにする。

こつこつと王城内の廊下を歩くルフィノの足音が聞こえてきては、すぐに止まる。どうやら次々と誰かに話しかけられては、足を止めているようだった。

「すみません、時間がかかってしまって」

「ううん、大丈夫よ」

こっそりと話しかけられ、囁き声で返事をする。

（メイド達もいつもルフィノは人気だと話しているもの。こんなにも綺麗で立場もあるのに愛想も良くて優しいんだから、当然だわ）

じっとうずくまって黙っていると、話の内容が聞こえてきてしまう。

盗み聞きをしているようで、申し訳ない気持ちになる。特に女性達はとても嬉しそうに話をしているから、尚更だった。

「何を抱いていらっしゃるんですか？」

「僕にとって、とても大切なものです。何よりも」

「まあ、気になりますわ」

他意はないと分かっていても、ついそんな言葉にどきりとしてしまう。

やがて人気のない場所に出たらしく、ルフィノがストールをめくってくれる。きょろきょろと辺りを見回すと、もうすぐ私の自室に着くようだった。

「誰にも見つからず、ここまで来られてよかったです」

「ありがとう、ルフィノのお蔭だわ。こんな姿を見られては、絶対に騒ぎになるもの」

私の威厳が損なわれるのはもちろん、ルフィノまで責められるかもしれない。

「陛下もきっと、この姿のあなたを見れば平常心ではいられなくなると思います」

「……はっ」

そう言われて私はようやく、更なるピンチが待ち受けていることに気付いてしまった。

（訳の分からない薬を飲んでこんな姿になったと知られれば、絶対に怒られるわ）

フェリクスにこれ以上怒られたり呆れられたりするのは、なるべく避けたい。

前世と今世を足せば精神年齢は私の方が年上だし、かつての師としての矜持《きょうじ》をこれ以上失いたくはなかった。

とにかく適当な理由をつけて元の姿に戻るまで、フェリクスとは会わないようにしたい。

「私、今日はもうひたすら寝ているふりをして部屋に籠《こも》るわ」

「いいんですか？」

「ええ。あまりにも間抜けすぎるもの」

結果的には大人しく部屋にこもって丸一日休むことになるし、許してほしい。

「とりあえず、フェリクスに言伝《ことづて》を――」

「俺がどうかしましたか？」

「ひっ」

噂をすればなんとやらで、フェリクスその人の声が聞こえてきてびくりとしてしまう。

慌ててルフィノのストールを頭から被り、息を殺す。

（どうしよう、もう仕事が終わったのかしら）

コツコツとフェリクスの足音が聞こえてきて、心臓が早鐘を打っていく。

「ルフィノ様、ここで何を？」

「ティアナの部屋へ届け物をしていたんです」

「そうなんですね」

ストール越しにフェリクスの視線を感じ、冷や汗が止まらなくなる。

「誰かと話していたようでしたが、お相手はどこに？」

「…………」

「その腕に抱いているのは何ですか？」

「…………」

「ティアナによく似た声が聞こえた気がしたんですが」

怒涛《どとう》のフェリクスの質問責めに黙り込んでしまったルフィノは、嘘をつけない人だったことを思い出す。彼は本当にどこまでもまっすぐで、善人だった。

やはりフェリクスには話し声が聞こえていたらしく、もう誤魔化せそうにない。

ルフィノに対しても申し訳なさで押し潰されそうになった私は、観念して顔を出した。

「ごめんなさい、フェリクス」

「は」

私の姿を見た瞬間、整いすぎたフェリクスの顔が、ぽかんと間の抜けたものへと変わる。

いきなり私がこんな姿になったのを見れば、驚くのも当然だろう。

「……ティアナ、なのか？」

「ええ、私よ。その……うっかり小さくなってしまったんだけど……」

「何をどううっかりしたらそんな姿になるんだ」

「すみません、この件に関しては僕にも落ち度があるんです」

そしてそれから、ルフィノが舌足らずの私の代わりに経緯を話してくれた。

薬剤庫の中に私を一人で放置してしまった、自分の説明が至らなかった等、とにかく私に少しも非がないように話をしてくれて、泣きそうになってしまう。

（ど、どこまで優しいの……今度しっかりお礼をしないと）

一方、フェリクスは一言も言葉を発さないまま。

恐る恐る見上げたところ、彼は口元を手で覆い、私から顔を逸らしていた。

（ま、まさか怒りを抑えるために……？）

顔もうっすら赤いように見えて、かなり怒っているのが窺える。聖女であり皇妃となる立場だというのにこんなにも間抜けなことになったのだから、当たり前だろう。

「ど、どうしよう……相当怒っているみたい」

ルフィノの耳元に口を寄せると、彼はきょとんとした顔をした後、ふっと笑った。

「いいえ、大丈夫だと思いますよ。むしろほっとしています」

「えっ？」

そんなはずはと思っていると、フェリクスは「ティアナ」と静かに私の名前を呼んだ。その声も怒っている時のもので「はい！」と返事をしながら背筋が伸びてしまう。

するとフェリクスは何故か、こちらに向けて両手を広げた。

「ティアナ、こっちへ」

「じ、自分で歩けるわ」

「……ルフィノ様はよくて、俺はだめなのか」

「ぜひお願いします」

手をわずらわせないように遠慮したものの、余計にフェリクスは怒った様子を見せ、慌ててこくこくと高速で首を縦に振る。

ルフィノから「大丈夫？」という視線を向けられ、もう一度頷くと、私の小さな身体はそっとフェリクスへ手渡された。

「あの、本当にごめんなさい。こんなことになって」

「……ああ」

そう声を掛ければ返事はそっけないものだったけれど、ぎゅっと抱きしめられる。

ルフィノはくすりと笑うと、片手をひらひらと振った。

「では、僕は戻りますね。何かあればすぐに連絡を」

「ルフィノ、どうもありがとう」

「はい。どうかお気をつけて」

「ありがとうございました」

フェリクスも丁寧にお礼を言い、去っていくルフィノの姿を見送る。

やがて二人きりになり、フェリクスは私を抱えたまま歩き出した。

（私の部屋まで送ってくれるのかしら？）

寝室の共有部分へ行くと、フェリクスは自身の部屋へ繋がる青い魔法陣の上に立った。

眩い光とともにすぐに景色は変わり、フェリクスの部屋へと移動する。こうして彼の部屋に来るのは、三度目だった。

「どうしてここに？」

「俺の部屋には誰も来ないから、元に戻るまではここにいた方がいい」

そう言えば以前、フェリクスはメイドだけでなく、腹心ですら部屋には滅多に入れないと言っていた記憶がある。

確かにそれなら、私の姿を見られることもないし、安心して過ごせそうだ。

フェリクスは私を抱いたままソファに腰を下ろすと、はあと大きな溜め息を吐いた。

「……可愛い」

「えっ？」

「言いたいことは色々あるのに、可愛すぎて何も出てこなくなった。最悪だ」

なんとフェリクスは子ども姿の私に弱いらしく、力が抜けたように片手で顔を覆っている。

先程ルフィノが大丈夫、ほっとしていると言っていたのはこれが理由かと、納得した。

（とりあえず怒られずには済んだけど、なんだか昔と逆みたいね）

昔はいつも、私がフェリクスを抱っこしていた記憶がある。とはいえ、フェリクスは誰よりも素直な良い子だったため、怒ることなんて一度もなかったけれど。

「とりあえず着替えを用意させるよ」

そう言うと、フェリクスは伝令用の魔道具でバイロンに「四、五歳くらいの子どものドレスを用意してほしい、最高級で可愛らしいものを十分以内に」というとんでもない命令をした。

バイロンも流石に驚いたらしく、元々大きな声だというのに更に大きな声で「えっ？　こ、子ども用のドレスですか!?　女児の!?」と何度も聞き返している。

フィリクスは冷静に「そうだよ」と答えると、ぶちっと通信を切った。

「だ、大丈夫なの？」

「うん。バイロンは仕事が早いから」

仕事が早い、というカテゴリなのかと不安になっていると、それから十分ほどしてノック音が響き「フェリクス様！　バイロンです！」という聞き慣れた大声が聞こえてきた。

まさか本当にもう用意したのかと驚いていると、フェリクスは私をそっと膝からソファの上に移動させ、立ち上がる。

「絶対に出てこないでね」

「どうして？」

「今の可愛いティアナの姿を誰にも見せたくないから」

そんなことを堂々と言うと、ドアへと向かっていく。

大人しく座ったままでいても、二人の会話は聞こえてくる。

「フェ、フェリクス様、こんなものを一体何に使うのですか……？」

「何だっていいだろう。それと俺は今日、もう部屋から出ないつもりだ。仕事の書類や食事も用意してくれ。食事は二人分、ひとつは子ども用に」

「ええっ⁉　で、ですが……」

いきなり幼女用のドレスや食事を用意させ、部屋に籠るなんてあまりにも怪しい。バイロンも主が妙な性癖に目覚めたと思っているに違いない。

やがてフェリクスは問答無用でドアを閉めると、大きなリボンのついた可愛らしいドレスと靴、髪飾りまで持って戻ってきた。

小物まで用意してくれるあたり、本当にバイロンは仕事ができると妙な感動をしてしまう。

短い手足で必死に着替えると恐ろしくぴったりで、鏡に映る姿は想像以上に可愛らしい。

フェリクスは片手で口元を覆うと、目を細めた。

「……可愛すぎて眩暈がしてきた」

「そ、そんなに？」

「ああ。ここまで誘拐をされたり、犯罪に巻き込まれたりしなかったのが奇跡だ」

「も、もう分かったから……」

とにかくフェリクスは子ども姿の私が可愛くて仕方ないらしく、恥ずかしくなるほど褒めちぎった後、すぐに再び膝の上に乗せられた。

しっかりと身体に腕を回され、フェリクスの良い香りが鼻をくすぐる。

「ねえ、フェリクス。一人でも座れるわ」

「俺が離したくないだけだよ」

あっさりとそう言ってのけると、フェリクスは肩より上までしかない私の髪に触れた。

「どうして髪が短くなったんだ？」

「この頃の私、ずっとこれくらいだったの」

こんなところまで同じだなんて、よくできた薬だと感心する。

それからフェリクスは、器用に私の髪を小さなリボンで結んでくれた。

「ティアナの幼い頃の姿を見られて、すごく嬉しい」

「そうなの？」

「うん。できることなら、ずっと側にいたかった」

その切なげな声は、ファロン神殿で私が酷い扱いを受けていたことに対し、心を痛めているようだった。少しでも空気を変えようと、私は努めて明るい声を出す。

「それより仕事は大丈夫なの？　ずっとここにいるって」

「一日くらい、どうとでもなる」

私に休めというフェリクスだって誰よりも多忙だし、今日は彼にとってもゆっくり過ごす日になればいいと思っていたのだけれど。

「ティアナ、口を開けて」

「自分で食べられるわ」

「いいから、ね？」

「……はい」

「読書がしたいなら、俺が読み聞かせるから貸して」

「な、中身は大人だから自分で読めるわ」

「その手では持ちにくいだろうし、俺の声が好きだって前に言ってくれただろう？」

「うっ……」

「一人で歩くのは危ないから、俺が全て抱いて移動するよ。おいで」

「………………」

とにかくフェリクスは過保護で、もはや赤ん坊にでもなった気分だった。それでも恥ずかしいだけで、彼に甘やかされるのが嫌なわけではないから困る。

むしろ嬉しいと思ってしまっていて、フェリクスだって私のそんな気持ちを見透かしているからこそ、少し強気な態度でいるのだということも分かっていた。

「ふわあ……」

大きな欠伸《あくび》をすると、フェリクスはふっと柔らかく目を細めた。

「眠い？　昼寝をしようか。おいで」

「……うん」

（ティアナ・エヴァレットとしての幼少期は、こんな風に優しくなんてされなかったもの）

今日だけは子どものように甘えていいだろうかと思いながら、そっと目を閉じた。


あっという間に時間が過ぎて日は落ち、可愛らしい子ども向けの食事をいただいた私は、再び睡魔に襲われていた。

（どうしよう……あんなにお昼寝をしたのに、もう眠くなってきちゃった）

子どもの姿とはいえ、このままフェリクスと一晩一緒に過ごすのは良くない気がする。それでもフェリクスが今の状態の私を一人にはしないだろうと、焦り始めた時だった。

「うっ……」

「ティアナ？」

重たくなってきた瞼を必死に開け、フェリクスがホットミルクを作ってくれているのを待っていると、不意に心臓がぎゅっと掴まれるような感覚がした。

（この感覚、小さくなった時と同じだわ）

もしかしてと思った時にはもう、身体は元の大きさに戻っていた。

てっきり明日まではこの姿だと思っていたけれど、薬を食べ切る前に口から出したことで、効果が切れるのも早かったのかもしれない。

「よかった、元に戻って……フェリクス？」

心底ほっとしたのも束の間、こちらへやってきた彼にぐいと腕を引かれ、抱きしめられた。

今日は一日中、膝の上に乗せられていたのだから距離感は変わらないはずなのに、元の姿に戻ると落ち着かなくなってしまう。

「ど、どうしたの？」

「……もしもこのまま元に戻らなかったらと思うと、少しだけ不安だった」

実は私も言葉にはしていなかったものの、同じ不安を抱えていた。フェリクスに余計な心配をかけてしまい、申し訳なくなる。

「大丈夫よ。万が一そうなっても、聖女の力はあるし役目は果たすから」

そう、子どもの姿でもしっかり魔法は使えたのだ。

だからこそ冗談交じりにそう言ったものの、フェリクスは小さく首を左右に振った。

「大丈夫じゃないよ。結婚できなくなる」

「えっ」

「俺は何年でも何十年でも待てるけど、ティアナは違うかもしれない。だから、また年齢差ができるのは嫌なんだ」

そんなことを真剣なトーンで言うものだから、どきりと心臓が跳ねる。

顔に熱が集まっていき、なんて返事をしようかと必死に悩んでいると、フェリクスは私を抱きしめる力を込め、続けた。

「……それと、ルフィノ様に抱きしめられていたことにも嫉妬した」

まさか赤ん坊のように抱っこされ、運ばれていた時のことを言っているのだろうか。

「あ、あんなの抱きしめているというより、ただの抱っこじゃない」

「同じだよ」

「全然違うわ」

「むしろ時間が長かった分、この間のよりたちが悪い」

この間というのは、エルセの生まれ変わりだとルフィノが知った後、彼に抱きしめられたのを目撃した時のことを言っているに違いない。

（ま、まだ根に持っていたのね……）

普段は落ち着き払っていて、誰もがフェリクスのことを冷静沈着だと思っているのに。こんな風に拗ねた姿なんて、私以外は見たことがないだろう。

そう思うと、不思議と嬉しいという感情が込み上げてくるのが分かった。

「子どもっぽいと思った？」

「ううん、嬉しいなって」

「嬉しい？」

「ええ。私しかこんなフェリクスが見られないと思うと、なんだか嬉しくて」

素直にそう告げると、フェリクスはアイスブルーの瞳を見開く。

そして何故か溜め息を吐くと、私の肩に顔を埋めた。

「……無意識でそういうの、本当に困るな」

何のことか分からずにいると、もう一回大きな溜め息を吐かれてしまう。

「とにかく、もう俺以外の男に触れられないで」

「えっ？」

「俺、自分が思っていたよりもずっと嫉妬深いみたいなんだ」

「……っ」

「それとルフィノ様を頼って、俺に隠そうとしていたことにも腹が立ってる。今後は俺以外の男を頼らないでほしい。俺が全てなんとかするから」

首元で甘い言葉を次々と囁かれ、もう限界寸前だった。

くらくらしてきた私は何度も頷き、ぱっとフェリクスから離れる。同時に身体と一緒に大きくなった子ども用のドレスがあまりにもフリフリで、恥ずかしくなった。

「は、恥ずかしいから見ないで」

「ううん、ティアナはなんでも似合うし可愛いよ」

「も、もう許して……」

とことんフェリクスは甘くて、いい加減にしてほしくなる。

とりあえず元々着ていたドレスに着替え、逃げるように部屋へと戻ろうとしたところ「寝付けそうにないから、オレンジフラワーのお茶を飲みたい」とねだられてしまった。

悩んだ末に了承すれば、フェリクスはあの頃と変わらない笑みを浮かべた。

「ありがとう。嬉しいな」

（絶対に私が断れないと知っていて、言ったくせに）

結局、私だってフェリクスに甘いのだ。


それからはお茶を淹れ、今日初めて膝の上ではなく隣り合って座り、息を吐く。

「色々あったけど、一日ゆっくりできて良かったわ。ありがとう」

「良かった。これからは定期的に今日みたいに過ごそう」

「き、今日みたいに？」

「うん。今日みたいにずっと二人きりで、ここで」

フェリクスは爽やかな笑顔で繰り返したけれど、大人の姿で今日みたいに過ごすなんて落ち着かないし、とてもゆっくりできそうになかった。

そう伝えたところ、フェリクスは「どうして？」としきりに尋ねてくる。

「ああ、俺にドキドキしてくれてるんだ？」

図星なのが顔に出てしまっていたのか、フェリクスは満足げな顔をした。

いつの間にかフェリクスばかりが余裕で、上手で悔しくなる。

「可愛い。そんなところも好きだよ」

「……っ」

こんな調子では、いつまでも休息なんて訪れそうにない。

その後、逃げるように自室へ戻った私は、滋養強壮に良いだけでなく、負担がかかり過ぎているいる心臓にもよく効く薬を早急に作らなければと、決意したのだった。

かきおろし漫画

皇帝夫婦は蜜月中

小山るんち

新聞の一日密着取材の依頼……？
はい
フェリクス様とティアナ様は民達から絶大な人気を誇っています
おふたりの仲睦まじい様子を伝えて
民達を活気づけたいそうで
フェリクスは帝国を救う賢帝として
私は国を救う聖女として慕われているとか
フェリクスはともかく
私はそんな大層な存在じゃないんだけど……
でもこの新聞は昔からあって
かなり影響力の強いものだったはず

それでみんなの気持ちが少しでも明るくなるのならぜひ
私にできることは全部やりたいし
ちなみにおふたりがどんなイメージを持たれているかご存じですか？
いえ全く
『運命の赤い糸で結ばれた今最も熱い夫婦』だそうです
う運命……熱い夫婦……？
私達が円満で私が国を救う聖女だって話を広めていたのは知っていたけど
そんな小っ恥ずかしいことになっていたなんて

つまり
密着取材の間
一日中
ラブラブな姿を
演じていただく
ことになるかと
ラブラブ
待って
思っていたよりも
難易度が高いわ
フェリクスは
大丈夫なの？
ああ
俺はむしろ
役得だと思ってる
くらいだよ
……っ
だめだこりゃ
恥ずかしいし
不安はあるけれど
それで民が
喜ぶのなら……
分かったわ
よろしくね

本日はどうぞよろしくお願いいたします！
ああ
ええ
よろしくね
取材なんて少し緊張していたけど可愛らしい女性でほっとした
今日の取材も自分以外の男性にティアナ様のプライベートを見せたくないと
陛下がおっしゃったそうで同性の私達になったんです
えっ
ふふ　もう　この話だけでドキドキしちゃいました
フェリクスったら細かい設定まで完璧ね
私もボロを出さないようにしないと

朝
ティアナ
…………？
えっ……
あ！
なるほど
ラブラブ演出ね！
さすがフェリクスだわ

よ
よかったわ……
美味しい
こんな感じで
一日過ごすなんて
心臓に悪すぎる
くす
しし

午後
こうしてよく陛下の勇姿を見に来られるんですか?
え ええ たまに……
初めて来たわ 少し前まではまるで別行動だったし

……かっこいい
うっ
たっ
大丈夫？
見せて
さすが
聖女様……！
このお姿も
しっかり
記事にします
大したことじゃ
ないんだけど
少しは民が安心する
記事になるかしら

午後
普段ここで読書なんてしないのに
演出は大事です！
ガタ
少し休もうかな
ええお疲れ様

ちょっ……
これくらいした方が喜ばれると思うな
た確かに

すー
すー
ふふ 可愛い
寝顔は 子供の頃と 変わらないわ
夜

すまない
ここからは
誰にも
見せられないんだ
本日は
ありがとう
ございました!
必ずや良い記事を
書いてみせます
おふたりの
仲睦まじい
姿に
私まで
幸せな気持ちに
なりました
こちらこそ
記事楽しみに
してるわ
では
かあああ

パタン
ぱっ
もももう！
フェリクスってば！最後のはやりすぎだわ
そう？あれくらいがちょうどいいと思うけどな
今日は楽しかったよ
一日中一緒にいられて嬉しかった
……私も昔に戻ったみたいで楽しかったわ

よかった
ゆっくり休んで
……一日中
一緒にいたせいで
少しだけ寂しいなんて
思っちゃう
がばっ

1ヶ月後
新聞
即完売で印刷が
間に合わない
そうですよ
いい出来だね
城にも保存用に
100部頼む
かしこまり
ました
さっそく
第二弾の休日編の
取材もさせてほしいと
依頼が来ているって
どう？
……か
考えておきます

◇あとがき

こんにちは、琴子と申します。

この度は『空っぽ聖女として捨てられたはずが、嫁ぎ先の皇帝陛下に溺愛されています』一巻をお手に取ってくださり、ありがとうございます。

本作は私の大好きな「年齢差逆転」「溺愛」を入れており、とっても楽しく書きました。

私は幼少期からすくすく育った行き場のない執着愛が爆発するのが、とにかく好きです。

もちろん一途で格好いいフェリクスを推しているのですが、ルフィノもイラスト含め魅力的で困っています。みんな違ってみんな格好いいです。

何よりティアナが可愛くて眩しくて、とても大好きなヒロインになりました。

エルセも本当に素敵な女性で、幼いフェリクスとの最期のシーンは私自身、とても切ない気持ちになりながら書きました。

コミカライズであのシーンを拝読したら、絶対に泣いてしまう気がしています。それにしても小さいフェリクス、天使すぎて胸が苦しいです。

これから先、ティアナとフェリクスの距離が更に縮まっていく様子、ティアナが呪いを解いていく活躍を書いていくのが楽しみです。

個人的にはバイロンも好きです。あれで実はとても美形という設定、推せます。

また、今回素晴らしいイラストを描いてくださった藤先生、本当にありがとうございます。あまりにも全員が美形すぎて、大感激しております。最高で好きが止まりません。

担当編集様、本作の制作・販売に携わってくださった全ての方にも、感謝申し上げます。


そして皆さま！　小山るんち先生による巻末の描き下ろし漫画はもう読まれましたか？

今回ストーリーを考えさせていただいたのですが、想像の一億倍素敵で楽しくてときめく漫画にしていただいて大興奮しました！

とにかく何もかもが美しくて、フェリクスの顔がいちいち良すぎる……可愛いティアナが見とれたりドキドキしちゃったりするのも分かりすぎます。

ちなみに私の推しは画家ちゃんです。

ラストの嬉しそうな可愛いフェリクスの笑顔で心臓が破裂した後、優しい愛おしむようなティアナの笑顔に泣きました。小山先生、天才です。

そしてそんな小山先生による素晴らしい本作のコミカライズも連載中、なんとコミックス一巻が書籍と同時発売です！

コミカライズって、本当にすごいですよね。書籍のあのシーンもこのシーンも全て超絶美しい漫画で読めるなんて超贅沢で咽び泣いています。

表情豊かなティアナがとっても可愛くて、髪型やお洋服まで素敵で眼福です。

もちろんフェリクスやルフィノも圧倒的に美しく格好よく……とにかく素晴らしいので、毎話目が離せません。

ぜひぜひ書籍と併せてお迎えしていただきたいです！

最後になりますが、ここまでお付き合いくださり、本当にありがとうございました！

フェリクスとティアナの恋の行方、シルヴィアとの対決、そしてリーヴィス帝国の行く末を見守っていただけると幸いです。

感想などもいただけると、とっても励みになります。

それではまた、二巻でお会いできることを祈って。

琴子

Karappo seijo toshite suterareta hazuga, totsugisaki no kouteiheika ni Dekiai sareteimasu.

空っぽ聖女として捨てられたはずが、嫁ぎ先の皇帝陛下に溺愛されています
1
漫画版
FLOS COMIC
この命が尽きるまで、彼女だけを想って生きていく
(いや、それ前世の私なんですけど)
漫画／小山るんち
原作／琴子

小説版
空っぽ聖女として捨てられたはずが、嫁ぎ先の皇帝陛下に溺愛されています
2巻
琴子
イラスト／藤未都也
様々なものを
奪われ続けてきたティアナ。
フェリクスと共に全ての元凶、
シルヴィアに立ち向かう——
2023年
冬頃
発売予定

空《から》っぽ聖《せい》女《じょ》として捨《す》てられたはずが、
嫁《とつ》ぎ先《さき》の皇《こう》帝《てい》陛《へい》下《か》に溺《でき》愛《あい》されています　1

2023年8月4日　初版発行

著者

琴《こと》子《こ》

イラスト　藤《ふじ》未《み》都《つ》也《や》

発行者　山下直久

発行

株式会社 KADOKAWA

〒102-8177 東京都千代田区富士見2-13-3

電話 0570-002-301（ナビダイヤル）

印刷所　図書印刷株式会社

製本所　図書印刷株式会社

お問い合わせ

https://www.kadokawa.co.jp/

（「お問い合わせ」へお進みください）

※内容によっては、お答えできない場合があります。

※サポートは日本国内のみとさせていただきます。※Japanese text only

定価はカバーに表示してあります。

ISBN 978-4-04-074856-6 C0093

Printed in Japan

装丁／島田絵里子　ロゴデザイン／関根 彩　校正／鷗来堂　担当／塩谷高彬

異世界初のキャンプ場を作って、
みんなでバーベキュー！
ヒマリ
「神代の紅蓮竜」の名を持つ
ドラゴン。
ハイシルフ
植物の妖精「ドライアド」が
2段階進化した姿。

「実はこの魚と海藻を、
この湖で一緒に育てたくてな。
そのために、湖の環境を
最適化してほしいんだ」
「わかったー！」

転生社畜のチート菜園

~万能スキルと便利な使い魔妖精を駆使してたら、気づけば大陸一の生産拠点ができていた~

4

可換 環

illustration ◦ riritto

口絵・本文イラスト
riritto

装丁
木村デザイン・ラボ